文庫

# 漱石先生

寺田寅彦

中央公論新社

# 漱石先生　目次

I

## 先生の追憶――11

II

先生に集う人たち——75

## III

# 漱石先生

先生と話して居ればば小春哉

献詞（五島寛平宛『漱石全集』初版本第一巻の見返し）

# I

# 先生の追憶

# 夏目先生　Natume Sensei

夏目先生が亡くなられた。最も優れた才能を持ち、そして、最も温かい心を持たれた偉大な人の夏目先生が亡くなられた。

先生の思い出、その尊い思い出は、今なんと言ってよいか、私はそれを言い尽くせないような気がする、いや、私はむしろ話したくない、語りたくはない、語ることは私に堪えがたいような気がする。いま十年もたったらどうか知れないが、今のところ、私はそれをじっと胸に収めておきたいように思う。

けれどもまた、世の中の有様を見ると、たとえば新聞紙とか、雑誌とかそういう方の、先生について伝えるところには、むしろ先生を傷つけるような、間違っているものが多いのは頗《すこぶ》る遺憾な心持ちもする。でまた、いま先生について、その一部分でもよい、充分に言い尽くしたいような心持ちもする。

先生はごく真面目な、そして厳格な方ではあられたが、しかしごく優しい、素直な、思いやりの深い、丁度春のような温かい心持ちの人であった。中にも弟子たちに対しては全く弟に対する慈《いつく》しみであった。それは時に叱りもするということはあっても、よく打ち解けた、そしてあくまでいたわり世話するという風であった。決して、我《が》を通すの、拗《す》ねたのという方《かた》ではなかった。

私などが時にいろいろ不愉快なことがあって、心の遣《や》り場《ば》がなかった折には、きっと先生の所へ上がる、そうすると、ただもう先生と向き合ってみたばかりで、それでもう充分に慰められる。先生はそんな場合にも、またいつの場合にも決して思いやったようなことや、おためごかしなどは少しも言われない方である。別に慰めるようなことを言われるでもないが、充分にその思いやりを受けることが出来るような気がする。そうして、先生の前へ出ると、不思議に自分は本当に善い人になった心持ちになる。少なくも先生の前に居《お》る間は善い人になっているのである。

先生はそして、人の欠点、罪、罪悪というようなものを見逃してくれる、ごく寛大なところのあった方であった。しかし、先生は表面よりも動機を重んぜられ、またそれを見抜く力を持っていられた。そして、そのことが多少よいことであるにしても、それが打算的なおためごかしなことは喜ばれなかった。

それで、社会からは、いろいろ、拗ねたような、時に冷酷なような風にまで言われたのは、それは先生が世の中からあまりに苛《さいな》まれ、傷つけられ、虐げられているその憤《いきどお》りが、たまたまそういう形に見えたので、先生の御本性のねじけているのでは決してない。つまり、先生はごく温かい柔らかい心持ちを持った、いわばあの作物《さくもつ》の中の坊ちゃんであられたのである。

たとえば、かの博士号《はくしごう》を断わられたことなどでも、少しも不思議なことではない、ただあれは始終先生を傷つけ苛んでいる世の中の不真面目に対する憤りがたまたまああいう形式で現われたに過ぎないのであると思う。

言いかえれば、先生は決して、人と異なった、特別な、または拗ねた方ではなかったのである。

肉体にも心にも非常に苦しまれたが、それを忍んで来られた方であった。そして、先生は、無邪気な余念のないことはごく好きで、弟子などのそういうしくじりは、ごくちょっとしたことでも殊に面白がって、それをいつまでも思い出しては話されたりせられた。

先生はやはりごく上達した禅坊主の為人《ひととなり》に似通ったところのある方であった。

＊　本篇は記者による聞き書き。

（『ローマ字世界』大正六年一月）

## 蛙の鳴声

何年頃であったか忘れてしまったが、先生の千駄木時代に、晩春のある日、一緒に音楽学校の演奏会に行った帰りに、上野の森をブラブラあるいて帰った。その日の曲目の内に管弦楽で蛙の鳴声を真似するのがあった、それはよほど滑稽味を帯びたものであった。先生はあるきながら、その蛙の声を真似して一人で面白がってはさもくすぐったいように笑っておられた。

それから神田の宝亭で、先生の好きな青豆のスープと小鳥のロースか何か食ってそして一、二杯の酒に顔を赤くして、例の蛙の鳴声の真似をして笑っていた。

考えてみると、あの時分の先生と晩年の先生とは何だかだいぶちがった人のような気がするのである。

（『渋柿』大正七年十二月）

# 夏目先生の自然観

夏目先生の自然観は芭蕉のそれによく似ている――いつであったか先生門下の誰かがこう言った。私も全く同感である。先生は自然を純粋に客観的な冷たい態度では眺め得なかった。先生の句に現われた自然には人情味が溢れ切っている。俳句ばかりでなくこのことは『草枕』のごとき小説にも十分に見得る。先生にとって自然はただ美しい感情を惹き出す起縁となっているばかりである。決して自然の中に酔うようなことはなかった。従って先生の句にはずいぶん動植物あるいは自然の事象が詠まれてはいるが、ことごとくそれらは完全に人格化《パーソニファイ》されてある。まるで人間そのもののごとく取扱っていることとさえある。そうした句は生々しい実感に充ちている。自然と人間とが直接に抱き合っている。この意味において先生もまたまことに偉大なる自然児であったと言ってよかろう。こうした事実は先生の句あるいは文のみならず画にもよく現われている。自然の美をとらえるにもその眼のつけどころは人の意表に出て涙のにじむほど人間味に富んだ画が作られる。

かく自然に対する愛の深かったにもかかわらず、どうして先生の生涯には旅に日を送らるることがあれほど少なかったのであろうか。私の想像する処では先生にとって旅の同伴者が大勢であればあるほど気持を乱される点から嫌《いや》であったに違いなく、かと言って孤《ひと》りで旅をするにはあまりにその淋しさが堪え得られぬためであったからではなかろうか。先生は旅に居るのでなくてさえ常に淋しさを感じていた。しかもその淋しさが人間を愛し過ぎる心から生れるのである。熊本時代には先生はよく旅をされた。だから旅が決して嫌いなのではない。人を愛する心が濃くなればなるほどこの淋しさが増して旅に出る気も少なくなられたのであろうと思う。

先生について思い出すことはほんとうに多い。どれと言って択《よ》り出すことの困難なほど私は先生の生活に接触し過ぎて来た。きょうはこれだけのことを語って先生を偲ばせてもらおう。

(『東京朝日新聞』大正十一年十二月九日)

# 『柿の種』より

## 無題41

切符を貰ったので、久し振りに上野音楽学校の演奏会を聞きに行った。

彼処《あそこ》の聴衆席に坐って音楽を聞いていると、いつでも学生時代の夢を思い出すと同時にまた夏目先生を想い出すのである。

オーケストラの太鼓を打つ人は、どうも見たところあまり勤めばえのする派手な役割とは思われない。

何事にも光栄の冠を望む若い人にやらせるには、少し気の毒なような役である。

しかし、あれは実際はやはり非常にだいじな役目であるに相違ない。

そう思うと太鼓の人に対するある好感を抱かせられる。

ロシニのスタバト・マーテルを聞きながら、こんなことも考えた。

本当の基督教《キリストきょう》はもう疾《と》うの昔に亡びてしまって、ただ幽《かす》かな余響のようなものが、わずかに、こういう音楽の中に生き残っているのではないか。


(『渋柿』大正十二年一月)

## 無題100

夏目先生の御弟子と見られている人がかなり大勢いるようである。この「御弟子」の意味がずいぶん漠然としていて自分にはよく分らない。少し厳密に分類するとこの「御弟子」の種類が相当沢山にありそうである。古い方では松山の中学校で先生から英語を教わった人達がある。その中でそれっきりもう直接には先生と交渉を失った人々もやはり弟子の一種である。またそうした人達の中で後になって再び先生と密接な交渉をもつようになった人の中でもMN君のようにあらゆる意味で師事した人もあれば、またMB氏のように医師として接触した人もある。それからまた熊本高等学校時代に英語を教わった人々、その中で自分などのように俳句をも教わったために先生の私邸に出入することの出来た果報ものもある。もしかすると逆に出入するために俳句を教わったのではないかという嫌疑もなくはない。また先生の家に食客となって日常親しく先生の人に接近することの出来た幸運の人達もある。次には先生の東京時代に一高や大学で英語英文学を教わった広い意味での弟子達がある。その中で先生の千駄木町時代にその門に出入した人達がある。一方では英文学科以外の学生でその頃の先生の門下に参じた人もあるかと思われる。

　千駄木時代は先生の有名になり始めから大体有名になり切るまでの時代で、作品から云っても『猫』から『虞美人草』へかけての時代である。この頃の先生に牽《ひき》付《つ》けられて先生の膝下《しっか》に慕い寄った御弟子にはやはりそれだけの特徴がありはしないかと思われる。短い西片町《にしかたまち》時代を経て最後の早稲田時代になると、もう文豪としての位地の確定した時代で、作品も前とはだいぶちがった調子のものになってしまっていた。この時代に新たに門下に参じた人々の中には千駄木時代の先生の要素に傾倒した人とまたこの時代の先生の新しい要素に牽引された人とがあって、それぞれちがった特色をもっているのではないかと想像される。しかし具体的の分類をしろと云われるとやはり六《むつ》かしい。

それはとにかく先生の芸術なりまたその芸術の父なる先生の人に吸引されてしばしばその門に出入した人々を「御弟子」と名づけることになっているようである。しかしこの上記の定義は実は甚だ不完全であるかと思われる。例えば故○○君のごとく先生に傾倒して毎週ほとんど欠かさず出入りして、そうして先生の揮毫《きごう》を見守っていた人が、やはり普通の意味で御弟子と云われるかどうか疑問である。その外にも始終先生に接していながら先生からどれだけの精神的影響を受けたかということが分りにくい人もあるかも知れない。反対に先生に接しないでただその作品だけから異常に強い影響を受けている人も沢山あるかも知れない。こうなると何が御弟子で何が御弟子でないか分からなくなってしまう。

しかし、どんな人でも先生に接して後のその人を見て、もし先生に接しなかったとした場合のその人を推察することは不可能であるから、先生の影響が無いなどとは云われない訳である。してみると結局「御弟子」の定義には証明の可能な「門戸出入」の頻度を標準とするのが唯一の「実証的」な根拠なのであろう。

もし何かの訴訟事件でも起って甲某が先生の弟子であったか、なかったかという事が問題になったとしたら——そんなことがあり得るかどうかは知らないが——その時にはやはりこの「実証」以外に何物も物を云わないであろうと思う。御弟子の名も果敢《はか》ないものである。

（初出未詳）

## 女の顔

夏目先生が洋行から帰ったときに、あちらの画廊の有名な絵の写真を見せられた。そうして、この中で二、三枚好きなのを取れ、と云われた。その中に、ギドー・レニの「マグダレナのマリア」があった。それからまたサー・ジョシュア・レーノルズの童女や天使などがあった。先生の好きな美女の顔のタイプ、といったようなものが、朧気《おぼろげ》に感ぜられるような気がしたのである。

そのマグダレナのマリアを貰って、神代杉《じんだいすぎ》の安額縁に収めて、下宿の楣間《びかん》に掲げてあったら、美人の写真なんかかけて怪《け》しからん、と云った友人もあった。

千駄木時代に、よくターナーの水彩など見せられた頃、ロゼチの描く腺病質の美女の絵も示された記憶がある。

ああいうタイプも嫌いではなかったように思う。

それからまたグリューズの「破瓶《われがめ》」の娘の顔も好きらしかった。

ヴォラプチュアスだと評しておられた。

先生の『虞美人草』の中に出て来るヴォラプチュアスな顔のモデルがすなわちこれであるかと思われる。

いつか、上野の音楽会へ、先生と二人で出かけた時に、吾々のすぐ前の席に、二十三、四の婦人がいた。

きわめて地味な服装で、頭髪も油気のない、なんの技巧もない束髪であった。

色も少し浅黒いくらいで、おまけに眼鏡をかけていた。

しかし後ろから斜めに見た横顔が実に美しいと思った。

インテリジェントで、しかも優雅で温良な人柄が、全身から放散しているような気がした。

音楽会が果てて帰路に、先生にその婦人のことを話すと、先生も注意して見ていたとみえて、あれはいい、君あれをぜひ細君にもらえ、と云われた。

もちろん何処の誰だかわかるはずもないのである。

その後しばらくたっての端書《はがき》に、この間の人に何処かで会ったという報告をよこされた。全集にある「水底《みなそこ》の感」という変った詩はその頃のものであったような気がする。

「趣味の遺伝」もなんだかこれに聯関したところがあるような気がするが、これも覚えちがいかも知れない。

それはとにかく、この問題の婦人の顔が何処かレニのマリアにも、レーノルズの天使や童女にも、ロゼチの細君や妹にも少しずつ似ていたような気がするのである。

しかし、一方ではまた、先生が好きであったと称せらるる某女史の顔は、これらとは全くタイプのちがった純日本式の顔であった。

また「鰹節屋《かつぶしや》のおかみさん」というのも、下町式のタイプだったそうである。

先生はある時、西洋のある作者のかいたものの話をして「往来で会う女の七十プロセントに恋するという奴がいるぜ」と云って笑われた。

しかし、今日になって考えてみると、先生自身もやはりその男の中に、一つのプロトタイプを認められたのではなかったかという気もするのである。

（『渋柿』昭和六年一月）

## 曙町より（二）

先日は失礼。

鉄筋コンクリートの三階から、復興の東京を見下ろしての連句三昧は、変った経験であった。

ソクラテスが、籠にはいって吊下がりながら、天界の事を考えた話を思い出した。日が暮れた窓から、下町の照明を眺めていたら、高架電車の灯が町の灯の間を縫うて飛ぶのが、妙な幻想を起させた。自分がただ一人淋しい星の世界の真中にでも居るような気がした。

今朝も庭の椿が一輪落ちていた。調べてみると、一度俯向《うつむ》きに落ちたのが反転して仰向《あおむ》きになったことが花粉の痕跡からわかる。

測定をして手帳に書きつけた。

この間、植物学者に会ったとき、椿の花が仰向きに落ちるわけを、誰か研究した人があるか、と聞いてみたが、多分ないだろうということであった。

花が樹にくっついている間は植物学の問題になるが、樹をはなれた瞬間から以後の事柄は問題にならぬそうである。

学問というものはどうも窮屈なものである。

落ちた花の花粉が落ちない花の受胎に参与する事もありはしないか。

「落ちざまに虻《あぶ》を伏せたる椿哉」という先生の句が、実景であったか空想であったか、というような議論にいくぶん参考になる結果が、そのうちに得られるだろうと思っている。

明日は金曜だからまた連句を進行させよう。


（『渋柿』昭和六年五月）

# 夏目漱石先生の追憶

熊本第五高等学校在学中第二学年の学年試験の終った頃の事である。同県学生のうちで試験を「しくじったらしい」二、三人のためにそれぞれの受持の先生方の私宅を歴訪していわゆる「点を貰う」ための運動委員が選ばれた時に、自分も幸か不幸かその一員にされてしまった。その時に夏目先生の英語をしくじったというのが自分の親類つづきの男で、それが家が貧しくて人から学資の支給を受けていたので、もしや落第するとそれきりその支給を断たれる恐れがあったのである。

初めて尋ねた先生の家は白川の河畔で、藤崎神社の近くの閑静な町であった。「点を貰いに」来る生徒には断然玄関払いを食わせる先生もあったが、夏目先生は平気で快く会ってくれた。そうして委細の泣言の陳述を黙って聴いてくれたが、もちろん点をくれるともくれないとも云われるはずはなかった。とにかくこの重大な委員の使命を果たしたあとでの雑談の末に、自分は「俳句とは一体どんなものですか」という世にも愚劣なる質問を持出した。それは、かねてから先生が俳人として有名なことを承知していたのと、その頃自分で俳句に対する興味がだいぶ醱酵しかけていたからである。その時に先生の答えたことの要領が今でもはっきりと印象に残っている。「俳句はレトリックの煎じ詰めたものである。」「扇のかなめのような集注点を指摘し描写して、それから放散する聯想の世界を暗示するものである。」「花が散って雪のようだと云ったような常套な描写を月並《つきなみ》という。」「秋風や白木の弓につる張らんと云ったような句は佳《よ》い句である。」「いくらやっても俳句のできない性質の人があるし、始めからうまい人もある。」こんな話を聞かされて、急に自分も俳句がやってみたくなった。そうして、その夏休に国へ帰ってから手当り次第の材料をつかまえて二、三十句ばかりを作った。夏休が終って九月に熊本へ着くなり何より先にそれを持って先生を訪問して見てもらった。その次に行った時に返してもらった句稿には、短評や類句を書入れたり、添削したりして、その中の二、三の句の頭に○や○○が附いていた。それからが病み附きでずいぶん熱心に句作をし、一週に二、三度も先生の家へ通ったものである。その頃はもう白川畔の家は引払って内坪井《うちつぼい》に移っていた。立田山麓の自分の下宿からはずいぶん遠かったのを、まるで恋人にでも会いに行くような心持で通ったものである。東向きの、屋根のない門を這入《はい》って突当りの玄関の靴脱石は、横降りの雨に濡れるような状態であったような気がする。雨の日など泥まみれの足を手拭でごしごし拭いて上がるのはいいが絹の座蒲団に坐らされるのに気が引けた記憶がある。玄関の左に六畳くらいの座敷があり、その西隣が八畳くらいで、この二室が共通の縁側を越えて南側の庭に面していた。庭はほとんど何も植わっていない平庭で、前面の建《けん》仁寺垣《にんじがき》の向側には畑地があった。垣にからんだ朝顔の蔓が冬になってもやっぱりがらがらになって残っていたようである。この六畳が普通の応接間で、八畳が居間兼書斎であったらしい。「朝貌《あさがお》や手拭掛けに這上る」という先生の句があったと思う。その手拭掛けが六畳の縁側にかかっていた。

先生はいつも黒い羽織を着て端然として正坐していたように思う。結婚して間もなかった若い奥さんは黒縮緬の紋附きを着て玄関に出て来られたこともあった。田舎者の自分の眼には先生の家庭がずいぶん端正で典雅なもののように思われた。いつでも上等の生菓子を出された。美しく水々とした紅白の葛餅のようなものを、先生が好きだと見えてよく呼ばれたものである。自分の持って行く句稿を、後には先生自身の句稿と一緒にして正岡子規のところへ送り、子規がそれに朱を加えて返してくれた。そうして、そのうちからの若干句が『日本』新聞第一頁最下段左隅の俳句欄に載せられた。自分も先生の真似をしてその新聞を切抜いては紙袋の中に貯えるのを楽しみにしていた。自分の書いたものがはじめて活字になって現われたのが嬉しかったのである。当時自分の外に先生から俳句の教えを受けていた人々の中には厨川千江《くりやがわせんこう》、平川草江《ひらかわそうこう》、蒲生紫川《がもうしせん》（後の原医学博士）等の諸氏があった。その連中で運座《うんざ》というものを始め、はじめは先生の家でやっていたのが、後には他の家を借りてやったこともあった。時には先生と二人対坐で十分十句などを試みたこともある。そういうとき、いかにも先生らしい凡想を飛び抜けた奇抜な句を連発して、そうして自分でも可笑《おか》しがってくすくす笑われたこともあった。

先生のお宅へ書生に置いてもらえないかという相談を持出したことがある。裏の物置なら明《あ》いているから来てみろと云って案内されたその室は、第一、畳が剝《は》いであって塵埃《ごみ》だらけで本当の物置になっていたので、すっかり悄気《しょげ》てしまって退却した。しかし、あの時、いいから這入りますと云ったら、畳も敷いて綺麗にしてくれたであったろうが、当時の自分にはその勇気がなかったのであった。

その頃の先生の親しかった同僚教授方の中には狩野亨吉《かのうこうきち》、奥《おく》太一郎、山川信次郎等の諸氏が居たようである。『二百十日』に出て来る一人が奥氏であるというのが定評になっているようである。

学校では『オピアムイーター』や、『サイラス・マーナー』を教わった。松山中学時代には非常に綿密な教え方で逐字的解釈をされたそうであるが、自分等の場合には、それとは反対にむしろ達意を主とする遣り方であった。先生がただすらすら音読して行って、そうして「どうだ、わかったか」と云った風であった。そうかと思うと、文中の一節に関して、色々のクォーテーションを黒板へ書くこともあった。試験の時に、かつて先生の引用したホーマーの詩句の数節を暗誦していたのをそっくり答案に書いて、大いに得意になったこともあった。

教場へはいると、先ずチョッキのかくしから、鎖も何もつかないニッケル側の時計を出してそっと机の片隅へのせてから講義をはじめた。何か少し込み入った事について会心の説明をするときには、人差指を伸ばして鼻柱の上へ少しはすかいに押しつける癖があった。学生の中に質問好きの男がいて根掘り葉掘りうるさく聞いていると、「そんなことは、君、書いた当人に聞いたってわかりゃしないよ」と云って撃退するのであった。当時の先生は同窓の一部の人々にはたいそうこわい先生だったそうであるが、自分には、ちっともこわくない最も親しいなつかしい先生であったのである。科外講義として主に文科の学生のために、朝七時から八時まで『オセロ』を講じていた。寒い時分であったと思うが、二階の窓から見ていると黒のオーバーにくるまった先生が正門から泳ぐような恰好で急いではいって来るのを「やあ、来た来た」と云って囃《はや》し立てるものもあった。黒のオーバーの釦《ボタン》をきちんとはめてなかなかハイカラでスマートな風采であった。しかし自宅にいて黒い羽織を着て寒そうに正坐している先生はなんとなく水戸浪士とでもいったようなクラシカルな感じのするところもあった。

暑休《しょきゅう》に先生から郷里へ帰省中の自分によこされた端書《はがき》に、脚を投げ出して仰向けに昼寝《ひるね》している人の姿を簡単な墨絵に描いて、それに俳句が一句書いてあった。何とかで「狸の昼寝かな」というのであった。狸のような顔にぴんと先生のような鬚《ひげ》を生やしてあった。このころからやはり昼寝の習慣があったと見える。

高等学校を出て大学へはいる時に、先生の紹介を貰って上根岸《かみね》鶯《ぎしうぐいす》横町《よこちょう》に病床の正岡子規子を訪ねた。その時、子規は、夏目先生の就職その他について色々骨を折って運動をしたというような話をして聞かせた。実際子規と先生とは互いに畏敬し合った最も親しい交友であったと思われる。しかし、先生に聞くと、時には「一体、子規という男はなんでも自分の方がえらいと思っている、生意気な奴だよ」などと云って笑われることもあった。そう云いながら、互いに許し合いなつかしがり合っている心持がよく分かるように思われるのであった。

先生が洋行するので横浜へ見送りに行った。船はロイド社のプロイセン号であった。船の出るとき同行の芳賀さんと藤代さんは帽子を振って見送りの人々に景気の好い挨拶を送っているのに、先生だけは一人少しはなれた舷側《げんそく》にもたれて身動きもしないでじっと波止場を見下ろしていた。船が動き出すと同時に、奥さんが顔にハンケチを当てたのを見た。「秋風の一人を吹くや海の上」という句を端書に書いて神戸からよこされた。

先生の留学中に自分は病気になって一年休学し、郷里の海岸で遊んでいたので、退屈まかせに長たらしい手紙をかいてはロンドンの先生に送った。そうして先生からの便りの来るのを楽しみにしていた。病気がよくなって再び上京し、まもなく妻を亡くして本郷五丁目に下宿していたときに先生が帰朝された。新橋駅（今の汐留《しおどめ》）へ迎いに行ったら、汽車から下りた先生がお嬢さんのあごに手をやって仰向かせて、じっと見詰めていたが、やがて手をはなして不思議な微笑をされたことを思い出す。

帰朝当座の先生は矢来町の奥さんの実家中根氏邸に仮寓《かぐう》していた。自分の訪ねた時は大きな木函《きばこ》に書物のいっぱいつまった荷が着いて、土屋君という人がそれを開けて本を取出していた。そのとき英国の美術館にある名画の写真を色々見せられて、その中ですきなのを二、三枚取れと云われたので、レイノルズの女の子の絵やムリリョのマグダレナのマリアなどを貰った。先生の手かばんの中から白薔薇の造花が一束出て来た。それは何ですかと聞いたら、人から貰ったんだと云われた。たしかその時に鮨の御馳走になった。自分はちっとも気が附かなかったが、あとで聞いたところによると、先生が海苔巻に箸をつけると自分も海苔巻を食う。先生が卵を食うと自分も卵を取上げる。先生が海老を残したら、自分も海老を残したのだそうである。先生の死後に出て来たノートの中に「Tのすしの喰い方」と覚書のしてあったのは、この時のことらしい。

千駄木へ居を定められてからは、また昔のように三日にあげず遊びに行った。その頃はやはりまだ英文学の先生で俳人であっただけの先生の玄関はそれほど賑やかでなかったが、それでもずいぶん迷惑なことであったに相違ない。今日は忙しいから帰れと云われても、なんとか、かとか勝手な事を云っては横着にも居すわって、先生の仕事をしている傍で『スチュディオ』の絵を見たりしていた。当時先生はターナーの絵が好きで、よくこの画家について色々の話をされた。いつだったか、先生がどこかから少しばかりの原稿料を貰った時に、早速それで水彩絵具一組とスケッチ帖と象牙のブックナイフを買って来たのを見せられてたいそううれしそうに見えた。その絵具で絵端書をかいて親しい人達に送ったりしていた。「猫」以後には橋口五葉《はしぐちごよう》氏や大塚楠緒子《おおつかなおこ》女史などとも絵端書の交換があったようである。象牙のブックナイフはその後先端が少し欠けたのを、自分が小刀で削って形を直してあげたこともあった。時代をつけると云ってしょっちゅう頬や鼻へこすりつけるので脂が滲透して鼈甲《べっこう》色になっていた。書斎の壁には何んとかいう黄檗《おうばく》の坊さんの書の半折《はんせつ》が掛けてあり、天狗の羽団扇のようなものが座右に置いてあった事もあった。セピアのインキで細かく書いたノートがいつも机上にあった。鈴木三重吉君自画の横顔の影法師が壁に貼ってあったこともある。誰かから貰ったキュラソーの罎の形と色を愛しながら、これは杉の葉の匂をつけた酒だよと云って飲まされたことを想い出すのである。草色の羊羹《ようかん》が好きであり、レストーランへ一緒に行くと、青豆のスープはあるかと聞くのが常であった。『吾輩は猫である』で先生は一足飛びに有名になってしまった。『ホトトギス』関係の人々の文章会が時々先生の宅で開かれるようになった。先生の『猫』のつづきを朗読するのはいつも高浜さんであったが、先生は時々はなはだきまりの悪るそうな顔をして、かたくなって朗読を聴いていたこともあったようである。

自分が学校で古い『フィロソフィカル・マガジン』を見ていたらレヴェレンド・ハウトンという人の「首釣りの力学」を論じた珍しい論文が見附かったので先生に報告したら、それは面白いから見せろというので学校から借りて来て用立てた。それが『猫』の寒月君の講演になって現われている。高等学校時代に数学の得意であった先生は、こういうものを読んでもちゃんと理解するだけの素養をもっていたのである。文学者には異例であろうと思う。

高浜、坂本、寒川諸氏と先生と自分とで神田連雀町の鶏肉屋へ昼飯を食いに行った時、須田町辺を歩きながら寒川氏が話した、ある変り者の新聞記者の身投げの場面がやはり『猫』の一節に寒月君の行跡の一つとして現われているのである。

上野の音楽学校で毎月開かれる明治音楽会の演奏会へ時々先生と一緒に出かけた。

ある時の曲目中に蛙の鳴声やらシャンペンを抜く音の交じった表題楽的なものがあった。それがよほど可笑《おか》しかったと見えて、帰り道に精養軒前をぶらぶら歩きながら、先生が、そのグゥ〳〵〳〵という蛙の声の真似をしては実に腹の奥から可笑しそうに笑うのであった。その頃の先生にはまだ非常に若々しい書生っぽい所が多分にあったような気がする。

自分の白いネルの襟巻が汚れて鼠色になっているのを、きたないからと云って女中に洗濯させられたこともあったが、とにかく先生は江戸ッ子らしいなかなかのおしゃれで、服装にも色々の好みがあり、外出のときなどはずいぶんきちんとしていたものである。「君、服を新調したから一つ見てくれ」と云われるようなこともあった。服装については自分は先生からは落第点を貰っていた。綿ネルの下着が袖口から二寸もはみ出しているのが、いつも先生から笑われる種であった。それから、自分が生来の我儘者《わがままもの》で例えば引越の時などでもちっとも手伝わなかったりするので、この点でもすっかり罰点を附けられていた。それからTは国の土産に鰹節をたった一本持って来たと云って笑われたこともある。しかし子供のような心で門下に集まる若い者には、あらゆる弱点や罪過に対して常に慈父の寛容をもって臨まれた。その代り社交的技巧の底にかくれた敵意や打算に対してかなりに敏感であったことは先生の作品を見ても分るのである。

『虞美人草』を書いていた頃に、自分の研究をしている実験室を見せろと云われるので、一日学校へ案内して地下室の実験装置を見せて詳しい説明をした。その頃はちょうど弾丸の飛行している前後の気波をシュリーレン写真に撮ることをやっていた。「これを小説の中へ書くがいいか」と云われるので、それは少し困りますと云ったら、それなら何か他の実験の話をしろというので、偶然その頃読んでいたニコルスという学者の「光圧の測定」に関する実験の話をした。それをたった一遍聞いただけで、すっかり要領を呑込んで書いたのが「野々宮さん」の実験室の光景である。聞いただけで見たことのない実験がかなりリアルに描かれているのである。これも日本の文学者には珍しいと思う。

これに限らず一般科学に対しては深い興味をもっていて、特に科学の方法論的方面の話をするのを喜ばれた。文学の科学的研究方法と云ったような大きなテーマが先生の頭の中に絶えず動いていたことは、先生の論文や、ノートの中からも想像されるであろうと思う。しかし晩年には創作の方が忙がしくて、こうした研究の暇がなかったように見える。

西片町《にしかたまち》にしばらく居て、それから早稲田南町へ移られても自分は相変らず頻繁に先生を訪問した。木曜日が面会日ときまってからも、何かと理窟をつけては他の週日にもおしかけて行って御邪魔をした。

自分の洋行の留守中に先生は修善寺であの大患にかかられ、死生の間を彷徨《ほうこう》されたのであったが、そのときに小宮君からよこしてくれた先生の宿の絵端書をゲッチンゲンの下宿で受取ったのであった。帰朝して後に久々で逢った先生は何だか昔の先生とは少しちがった先生のように自分には思われた。つまり何となく年を取られたと云うのでもあろう。蛙の声の真似をするような先生はもう居なかった。昔描いた水彩画の延長と思われる一流の南画のようなものを描いて楽しんでおられた。無遠慮な批評を試みると口を四角にあいて非常に苦い顔をされたが、それでも、その批評を受け容れてさらに手を入れられることもあった。先生は一面非常に強情なようでもあったが、また一面には実に素直に人の云う事を受け容れる好々爺らしいところもあった。それをいいことにして思い上がった失礼な批評などをしたのは済まなかったような気がする。いつか大勢で先生を引っぱって浅草へ行ってルナパークのメリーゴーラウンドに乗せたこともあったが、いかにも迷惑そうではあったが若い者の云うなりになって木馬にのっかってぐるぐる廻っていた。その頃よく赤城下の骨董店をひやかして、「三円の柳里恭《りゅうりきょう》」などを物色して来ては自分を誘ってもう一遍見に行かれたりした。京橋ぎわの読売新聞社で第一回のヒューザン会展覧会が開かれたとき、自分が一つかなり気に入った絵があって、それを奮発して買おうかと思うという話をしたら、「よし、おれが見てやる」と云って同行され、「なるほど。これはいいから買いたまえ」といわれたこともあった。

晩年には書の方も熱心であった。滝田樗陰《たきたちょいん》君が木曜面会日の朝からおしかけて、居催促で何枚でも書かせるのを、負けずにいくらでも書いたそうである。自分はいつでも書いてもらえるような気がしてついつい絵も書も一枚も貰わないでいたら、いつか先生からわざわざ手紙を添えて絹本に漢詩を書いたのを贈られた。千駄木時代の絵端書の外にはこれが唯一の形見になったのであったが、先生死後に絵の掛物を一幅御遺族から頂戴した。

謡曲を宝生新《ほうしょうしん》氏に教わっていた。いつか謡《うた》って聞かされたときに、先生の謡は巻舌だと云ったら、ひどいことを云う奴だと云っていつまでもその事を覚えておられた。

いつか早稲田の応接間で先生と話をしていたら廊下の方から粗末な服装をした変な男が酔っぱらった風でうそうそ這入って来て先生の前へ坐りこんだと思うと、いきなり大声で何かしら失礼な口調で罵《ののし》り始めた。あとで聞くとそれはM君が連れて来た有名な過去の文士のOというのであった。連れて来たM君はこの意外の光景にすっかり面喰らって立ち往生をしたそうであるが、その時先生のこの酔漢に対する応答の態度が面白かった。相手の酔っぱらいの巻舌に対して、どっちも負けずに同じような態度と口調で、小気味よくやりとりをしていた。負けぬ気の生粋《きっすい》の江戸ッ子としての先生を、この時目前に見ることが出来たような気がするのであった。

先生最後の大患のときは、自分もちょうど同じような病気に罹って弱っていた。江戸川畔の花屋でベコニアの鉢を求めて御見舞いに行ったときは、もう面会を許されなかった。奥さんがその花を持って病室へ行ったら一言「綺麗だな」と云われたそうである。勝手の方の炉のそばでM医師と話をしていたら急に病室の方で苦しそうな唸り声が聞こえて、その時にまた多量の出血があったようであった。

臨終には間に合わず、わざわざ飛んで来てくれたK君の最後のしらせに、人力《じんりき》にゆられて早稲田まで行った。その途中で、車の前面の幌にはまったセルロイドの窓越しに見る街路の灯が、妙にぼやけた星形に見え、それが不思議に物狂わしく躍り狂うように思われたのであった。

先生からは色々のものを教えられた。俳句の技巧を教わったというだけではなくて、自然の美しさを自分自身の眼で発見することを教わった。同じようにまた、人間の心の中の真なるものと偽なるものとを見分け、そうして真なるものを愛し偽なるものを憎むべき事を教えられた。

しかし自分の中にいる極端なエゴイストに云わせれば、自分にとっては先生が俳句がうまかろうが、まずかろうが、英文学に通じていようがいまいが、そんな事はどうでもよかった。いわんや先生が大文豪になろうがなるまいが、そんなことは問題にも何もならなかった。むしろ先生がいつまでも名もないただの学校の先生であってくれた方がよかったではないかというような気がするくらいである。先生が大家にならなかったら少なくももっと長生きをされたであろうという気がするのである。

色々な不幸のために心が重くなったときに、先生に会って話をしていると心の重荷がいつの間にか軽くなっていた。不平や煩悶のために心の暗くなった時に先生と相対していると、そういう心の黒雲が綺麗に吹き払われ、新しい気分で自分の仕事に全力を注ぐことが出来た。先生というものの存在そのものが心の糧《かて》となり医薬となるのであった。こういう不思議な影響は先生の中のどういうところから流れ出すのであったか、それを分析し得るほどに先生を客観する事は問題であり、またしようとは思わない。

花下の細道をたどって先生の門下に集まった多くの若い人々の心はおそらく皆自分と同じようなものであったろうと思われる。それで自分のここに書いたこの取り止めもない追憶が、さもさも自分だけで先生を独占していたかのように読者に見えるとすれば、それはおそらく他の多くの門下生の各自の偽らぬ心持を代表するものとして了解し宥《ゆる》してもらわれるべきだと思う。そういう同門下の人達と先生歿後の今日、時折何かの機会で顔を合わせるごとに感じる名状し難いなつかしさの奥には、千駄木や早稲田の先生の家における、昔の愉快な集会の記憶が背景となって隠れているであろう。

記憶の悪い自分のこの追憶の記録には、おそらく時代の錯誤や、事実の思違いが色々あるであろうと思う。ただ自分の主観の世界における先生の俤《おもかげ》を、自分としては出来るだけ忠実に書いてみたつもりであるが、学者として、作家として、また人間としての先生の面影を紹介するものとしては、あまりにも零細な枝葉の断片に過ぎないものである。これについてはひたすらに読者並びに同門下諸賢の寛容を祈る次第である。

（『俳句講座』昭和七年十二月）

# 埋もれた漱石伝記資料

熊本高等学校で夏目先生の同僚にSという○物学の先生がいた。理学士ではなかったがしかし非常に篤学な人で、その専門の方ではとにかく日本有数の権威者だという評判であった。真偽は知らないが色々な奇行も伝えられた。日本にたった二つとか三つとかしかない珍しい標本をいくつか持っているという自慢を聞かされない学生はなかったようである。服装なども無頓着であったらしく、よれよれの和服の着流しで町を歩いている恰好などちょっと高等学校の先生らしく見えなかったという記憶がある。それはとにかく、その当時夏目先生と何か世間話していたとき、このS先生の噂をしたら先生は「アー、Sかー」と云ってそうして口を大きく四角にあけて舌の先で下唇を嘗《な》め廻した。そうして口をつぶってから心持首をかしげるようにしてクスクスとさも可笑《おか》しいという風に先生特有の笑い方をした。そういうときに先生はきっと顔を少し赤くして何となくうぶな処女のような表情をするのであった。

その先生の笑いの意味が自分にはよく分らなかった。ただ畸人としてのS先生の奇行を想い浮べて笑われたのだろうというくらいにしか思っていなかった。

それから永い年月が経った。夏目先生が亡くなられて後、先生に関する諸家の想い出話や何かが色々の雑誌を賑わしていた頃であったと思うが、ある日思いがけなく昔のS先生から手紙が届いた。三銭切手二枚か三枚貼った恐ろしく重い分厚の手紙を読んでみると、それには夏目先生の幼少な頃の追憶が実に詳しく事細かに書き連ねてあるのであった。それによると、S先生は子供の頃夏目先生の近所に住まっていていわゆるいたずら仲間であったらしく、その当時の色々ないたずらのデテールが非常に現実的に記載されているのであった。

夏目先生から自分はかつて一度もその幼時におけるS先生との交渉について聞いた覚えがなかったので、この手紙の内容が全く天から落ちたものでもあるように意外に思われた。そうして何となくこれは本当かしらという気がするのであった。しかしS先生が意識して嘘をわざわざ書かれるはずはないので、詳細の点に関する記憶の誤りや思い違いはあるにしても大体の事実に相違はないであろうと思われた。それで、これは夏目先生に関する一つの資料として保存しておけば他日きっと役に立つ機会があるであろうと思ったので、当時の大学理学部物理教室の自室の書卓の抽斗《ひきだ》しの中に他の大事な手紙と一緒に仕舞い込んでおいた。

ところが、その後間もなく自分は胃潰瘍にかかって職を休んで引籠ってしまったので、教室の自分の部屋は全くそのままに塵埃のつもるに任せて永い間放置されていた。そこへ大正十二年の大震災が襲って来て教室の建物は大破し、崩壊は免れたが今後の地震には危険だという状態になったので、自分の病気が全快して出勤するようになったときは、もう元の部屋にはいらず、別棟の木造平屋建の他教室の一室に仮り住いをすることになった。その時でもまだ元の教室の部屋は大体昔のままに物置のような形で保存され黴《かび》とほこりと蜘蛛の囲《い》の支配に任せてあったので従ってこのS先生の手紙もずっとそのままに抽出しの中に永い眠りをつづけていた訳である。

その後自分の生活には色々急激な変化が起こった。関東震災のおかげで大学に地震研究所が設立されると同時に自分は学部との縁を切って研究所員に転じ、しばらくの間は工学部のある教室のバラックの仮事務所に出入りしていて、研究所の本建築が出来上がると同時にその方に引越した。こうして転々と居所を変えている間にどうしたことか、元の部屋の机の抽出しの事をすっかり忘れてしまっていたのである。つい近頃になって「B教授の追憶」を書くときにふとそのB教授の手紙を想い出すと同時にこの抽出しとS先生の手紙を想い出したのであったが、今ではもう昔の教室の建物はすっかり取毀《とりこわ》されてしまって、昔の机などどうなったか行衛《ゆくえ》も分らず、ましてやその抽出しの中の古手紙など尋ねるよすがもなくなってしまった訳である。実に申訳のない次第である。

S先生の手紙の内容を想い出そうと骨折ってみても、もうどうしても想い出せない。ただ一つ、なんでも幼い夏目先生がどこかの塀の上にあがっていて往来人に何かぶっかけて困らせたと云ったようなことがあったような気がするだけである。要するに、具体的な事件は一つも覚えていないが、ただその手紙の全体としての印象は、先生が手のつけられない悪戯《いたずら》っ児《こ》の悪太郎であったということであった。

事実はとにかく幼時における夏目先生が当時のS先生の記憶の中にそんな風に印象されたということは事実であろうと思われるのである。

こういう風に考えて来てから、さらに振返って熊本時代の夏目先生が「アー、Sかー」と云って不思議な笑いを見せられたことを追想するとそこにまた色々な面白い暗示が得られるようである。

S先生が生きてさえおられれば、もう一遍よく御尋ねして確かめる事が出来るのであるが残念なことには数年前に亡くなられたので、もうどうにも取返しがつかない。もしS先生の御遺族なりあるいは親しかった人達を尋ねて聞いて歩いたら、あるいはその断片でも回収する望みがないでもないかと思われる。

こんな風に、先生の御遺族や、また御弟子達の思いも付かない方面に隠れ埋もれた資料が存外沢山あるかもしれない、そういうのは今のうちに蒐集しなければもはや永久に失われてしまうのではないかと思われる。

そういう例としてはまた次のようなことを想い出す。いつか先生との雑談中に「どうも君の国の人間は理窟ばかり云ってやかましくって仕様がないぜ」というようなことを冗談半分に云われたことがある。なんでも昔寄宿舎で浜口雄幸《はまぐちおさち》、溝淵進馬《みぞぶちしんま》、大原貞馬《おおはらていま》という三人の土佐人と同室だか隣室だかに居たことがある、そのときこの三人が途方もない大きな声で一晩中議論ばかりしてうるさくて困ったというのである。

この三人の方々に聞いてみたら何かしら学生時代の先生の横顔を偲ばせるような逸話でも聞き出されたかもしれなかったのであるが、浜口氏は亡くなり、大原氏は永く消息を聞かない。溝淵氏は自分等の中学時代に『ラセラス伝』を教わった先生であって、その後ずっと高等学校長を勤めておられたがこれもついごく最近に亡くなられた。

もう一つ、自分の学生時代に世話になった銀座のある商店の養子になっていた人から聞いた話によると、その実家というのが牛込の喜久井町で、そのすぐ裏隣りとかに夏目という家があった、幼い時のことだから、その夏目家の人については何の記憶もないがその家居のさまなどは夢のように想い出されるとのことであった。

こういう種類の思わぬ縁故で先生の生涯の一部に接触した事のある人がまだまだ方々にいくらでも隠れているのではないかという気がする。

われわれ先生に親しかった人々はよほど用心していないととかく自分等だけの接触した先生の世界の一部分を、先生の全体の上に蔽い被せてしまって、そうして自分等の都合のいいような先生を勝手に作り上げようとする恐れがある。意識的には無我の真情からそうするにしても結果においては先生にとって嬉しくないかもしれない。

場合によってはかえって先生の味方でなかったあるいは敵であった人々の方面からも隠れた伝記資料を求める事も必要ではないかと思うのである。敵の証言が味方のそれよりもかえって当人の美点を如実に宣明することもしばしばあるのである。

ただいずれの場合においても応用心理学の方でよく研究されている「証言の心理」「追憶の誤謬」に関する十分の知識を基礎としてそれらの資料の整理をしなければならないことはもちろんであるが、しかし整理は百年の後でも出来る。資料は一日おくれたら永久に失われる。私はこの機会に夏目先生に関するあらゆる隠れた資料が蒐集され記録される事を切望して止まないものである。

（『思想』昭和十年十一月）

# 「自由画稿」より

## 三　冬夜の田園詩

これも子供の時分の話である。冬になるとよく北の山に山火事があって、夜になるとそれが美しくまた物恐ろしい童話詩的な雰囲気を田園の闇に漲《みなぎ》らせるのであった。友だちと連立《つれだ》って夜更けた田圃道《たんぼみち》でも歩いているとき誰の口からともなく「キーターヤーマー、ヤーケール、シシーガデュヨ」と歌うと他のものがこれに和する。終りの「出ぅよ」を早口に歌ってしまうと何かに追われでもしたようにみんな一せいに駆け出すのであった。そういうときの不思議な気持を今でもありあり思い出すことが出来る。

自分が物心づく頃からすでにもうかなりのお婆さんであって、そうして自分の青年時代に八十余歳で亡くなるまでやはり同じようなお婆さんのままで矍鑠《かくしゃく》としていたB家の伯母は、冬の夜長に孫達の集まっている燈下で大きな眼鏡をかけて夜なべ仕事をしながら色々の話をして聞かせた。その中でも実に不思議な詩趣を子供心に印銘させた話は次のようなものであった。

冬の闇夜に山中の狸どもが集まって舞踊会のようなことをやる。そのときに足踏みならして狸の歌う歌の文句が、「こいさ（今宵の方言）お月夜で、御山踏み（多分山《やま》見分《けんぶん》の役人のことらしい）も来まいぞ」というので、そのあとに、何とか何とかで「ドンドコショ」という囃子《はやし》がつくのである。それを伯母が節面白く「コーイーサー、（休止）、オーツキョーデー、（休止）、オーヤマ、フーミモ、コーマイゾー」という風に歌って聞かせた。それを聞いていると子供の自分の眼前には山ふところに落葉の散り敷いた冬木立の空地に踊りの輪を画いて踊っている狸どもの姿がありあり見えるような気がして、滑稽なようで物凄いような、何とも形容の出来ない夢幻的な気持で一杯になるのであった。

後年夏目先生の千駄木《せんだぎ》時代に自筆絵葉書のやりとりをしていた頃、ふと、この伯母の狸の踊りの話を想い出して、それをもじった絵葉書を先生に送った。丁度先生が『吾輩は猫である』を書いていた時だから、早速それを利用されて作中の人物のいたずら書きと結び付けたのであった。

それはとにかく、この「山火事と野猪」の詩や、「狸の舞踊」の詩には現代の若い都人士《とじんし》などには想像することさえ困難であろうと思われるような古い古い「民族的記憶」といったようなものが含まれているような気がする。それは『万葉集』などよりはもっと古い昔の詩人の夢をおとずれた東方原始民の詩であり歌であったのではないかと思われるのである。そうした詩が数千年そのままに伝わって来ていたのがわずかにこの数十年の間に跡形もなく消えてしまうのではないかと疑われる。

グリムやアンデルセンは北欧民族の「民族的記憶」の名残《なごり》を惜しんで、それを消えない前に喚び返してそれに新しい生命を吹込んだ人ではないかと想像される。

近頃我邦《わがくに》でも土俗学的の研究趣味が勃興したようで誠に喜ばしいことと思われるが、一方ではまたここに例示したような不思議な田園詩も今のうちに出来るだけ蒐集し保存しまたそれを現在の詩の言葉に翻訳しておくことも望ましいような気がするのである。

（『中央公論』昭和十年一月）

## 九　歯

父は四十余歳ですでに総入歯をしたそうである。総入歯の準備として、生き残った若干の歯を一度に抜いてしまったそのあとで顔中膨《ふく》れ上がって幾日も呻吟をつづけたのだそうである。歯科医術のまだ幼稚な明治十年代のことであるからずいぶん乱暴な荒療治であったことと想像される。

自分も、親譲りというのか、子供の時分から歯性が悪くて齲歯《むしば》の痛みに苦しめられつづけて来た。十歳くらいの頃初めて歯医者の手術椅子一名拷問椅子《ごうもんいす》(torture-chair)にのせられたとき、痛くないという約束のが飛上がるほど痛くて、おまけにその後の痛みが手術前の痛みに数倍して持続したので、子供心にひどく腹が立って母にくってかかり、そうしてその歯医者の漆黒な頬髯《ほおひげ》に限りなき憎悪を投げ付けたことを記憶している。コカイン注射などは知られない時代であったのである。可笑《おか》しいことには、その時の手術室の壁間に掲げてあった油絵の額が実にはっきり印象に残っている。当時には珍しいボールドなタッチで描いた絵で、子供をおぶった婦人が田圃道《たんぼみち》を歩いている図であった。激烈な苦痛がその苦痛とは何の関係もない同時的印象を記憶の乾板《かんぱん》に焼付ける放射線のように作用する、という奇妙な現象の一例かもしれない。

徴兵検査のときに係りの軍医が数えて帳面に記入した齲歯の数が自分のあらかじめ数えて行った数よりずっと多かったので吃驚《びっくり》した。それが徴兵検査であっただけにその吃驚《きっきょう》はかなり複雑な感情の笹縁《ささべり》をつけた吃驚《びっくり》であったのである。

とうとう前歯までが蝕《むしば》まれ始めた。上の真中の二枚の歯の接触点から始まった腐蝕がだんだんに両方に拡がって行って歯の根元と先端との間の機械的結合を弱めた。そうして、いつかどこかで御馳走になったときに出された吸物の椎茸を噛み切った拍子にその前歯の一本が椎茸の茎の抵抗に敗けて真中からぽっきり折れてしまった。夏目漱石先生にその話をしたらひどく喜ばれてその事件を『吾輩は猫である』の中の材料に使われた。この小説では前歯の欠けた跡に空也餅《くうやもち》が引っかかっていたことになっているが、その頃先生の御宅の菓子鉢の中にしばしばこの餅が収まっていたものらしい。とにかく、この記事のおかげで自分の前歯の折れたのが二十八歳頃であったことが立派に考証されるのである。立派なものがつまらぬ事の役に立つ一例である。

それほどになる以前にも、またその後にも、ほとんど不断に歯痛に悩まされていたことは勿論である。早く歯医者にかかって根本的治療をすればよかった訳であるが、子供の時に味わった歯医者への恐怖がいつまでも頭に巣喰っていたのと、もう一つには自分がその後に東京で出逢った歯医者があまり工合のよくなかったのと両方のせいであったか、歯医者の手術台に乗っかっていじめられるよりはひとりで痛みを我慢している方がまだましだという気がしていたものらしい。上京後にかかったY町のXという歯医者は朝九時に来いというので正直に九時に行って待っていてもなかなか二階の手術室へ姿を見せないで一時間は大丈夫待たせる。しかし階下ではちゃんと先生の声がしていて、それが大抵いつも細君《さいくん》だか女中だかに烈《はげ》しい小言《こごと》を浴びせかける声であった。やっとの思いで待ちおおせて手術を受ける時間は五分か十分である。そうして短くても一週間は通って毎日この通りのことを繰返さなければならないのであった。手術料は毎回払いであったが、いつも先生自身で小さな手提《てさげ》金庫の文字錠をひねっておつりを出してくれたのが印象に残っている。

西洋へ行く前にどうしても徹底的にわるい歯の清算をしておく必要があるのでおおよそ半月ほど毎日○○病院に通った。継ぎ歯、金冠、ブリッジなどといったような数々の工事にはずいぶん面倒な手数がかかった。抜歯も何本か必要であったが、昔とちがってコカインのおかげで大した痛みはなかった。但し、左の下顎《したあご》の犬歯の根だけ残っていたのが容易に抜けないので、岩丈《がんじょう》な器械を押当ててぐいぐい捻じられたときは顎骨がぎしぎし鳴って今にも割れるかと思うようで気持が悪かった。手術がすんだら看護婦が葡萄酒を一杯もって来て飲まされ、二、三十分椅子に凭《もた》れたまま休息することを命ぜられた。自分はそれほどに思わなかったが脳貧血の兆候が顔に現われたものと見える。この時に全部の手術を受持ってくれたF学士に抜歯術に関する力学的解説を求められたので、大判洋紙五、六枚に自分の想像説を書きつけて差し出したのであった。それは好い加減なものであったろうが、しかしこうした方面にも力学の応用の分野があることを知って愉快に思った。

いよいよ西洋へ出発となって神戸まで行ったら明日船に乗るという日に、もう前歯の前面に取付けた陶器の歯が後面の金板から脱落した。慌《あわ》てて神戸の町を歩いて歯医者を捜してやっと応急取付法を講じてもらったが、ベルリンへ着いて間もなくまたいけなくなった。その時かかったドイツの医者は、細工は何となく不器用であったが、しかしその修理法がいかにも合理的で、一時の間に合せでなくて永持ちのするような徹底的のものであるのに感心した。その歯医者が、治療した歯の隣の歯を軽くつついてそれがゆらゆら動くのを見付けて驚いたような顔をした。そうして恭《うやうや》しく直立不動の姿勢を取り、それから両肩をすぼめておいて両方の掌《てのひら》をぱっと開いて前方に向け、首を傾けてじっと自分の顔を見つめるという表情法の実演をして見せてくれた。物を云わないで物を云うよりも多くを相手に伝えるこの西洋流の仕草は、何でも克明に言葉で云い現わしたがるドイツ人には珍しいと思われた。

西洋から帰ってY町に住まってからも歯はだんだん悪くなるばかりであった。ある年の暮から正月へかけてひどく歯が痛むのを我慢して火燵《こたつ》にあたりながらベルグソンを読んだことがある。その因縁でベルグソンと歯痛とが聯想で結び付けられてしまった。彼の『笑い』までが歯痛の聯想に浸潤されてしまったのである。

その後偶然に大変に親切で上手で工合のいい歯医者が見付かってそれからはずっとその人に厄介になって来たが、先天的の悪い素質と後天的不養生との総決算で次第に嚙んで食えるものの範囲が狭くなって来た。柔らかい牛肉も魚の刺身もろくに嚙めなくなり、おしまいには米の飯さえ満足に咀嚼《そしゃく》することが困難になったので、とうとう思い切って根本的に大清算を決行して上下の入歯をこしらえたのが四十余歳の頃であった。上顎の硬口蓋《こうこうがい》前半をぴったり蓋をしてしまった心持はなんとも云えない不愉快なものである。しかし入歯の出来上がった日に、試みに某レストランの食卓についで先ず卓上の銀皿に盛られた南京豆《ナンキンまめ》をつまんでばりばりと音を立てて噛み砕いた瞬間に不思議な喜びが自分の顔中に浮び上がって来るのを押えることが出来なかった。義歯もたしかに若返り法の一つである。

入歯と云ってもはじめは下の前歯と右の犬歯だけはまだ残っていたのが永い間にはだんだんにそれもいけなくなり最後には犬歯一本を残した総入歯になってしまった。その最後の木守《きまも》りの犬歯がとうとうひとりでふらふらと抜け出したときはさすがに淋しかった。その抜けた跡だけ穴のあいた入歯をはめたままで今日に到っている。

父は機嫌のよくない時総入歯を舌ではずして唇の間に突出したり引込ませたりする癖があった。自分も総入歯をしてみてはじめて父のこの癖の意味が分ったような気がする。実際気持の不愉快なときは、平生でもとかく気になる入歯が余計に気になり出す。歯齦《はぐき》や硬口蓋への圧迫から来る不快の感覚が精神的不快の背景の前に異常に強調されて来るらしい。覚えず舌で入歯を押外して押出そうとする。これは不愉快なときに唾を吐きたくなるのと同じような生理的心理的現象かもしれない。しかし入歯は吐出して捨てる訳に行かないから引込ませてはめ込む。どうも不愉快だからまた吐出す。

入歯を作ってもらってから永くなると歯齦が次第に退化して来るためか、どうも接触が密でなくなる。その結果は上顎の入歯がややもすると脱落しやすくなる。自分の場合には、妙なことには何か少し改まって物を云おうとすると自然にそれが垂れ落ちそうになる。例えば講演でもしようとして最初の言葉を云おうとするときにきっと上の入歯が自然にぽたりと落下して口を塞ごうとするのである。緊張のために口の中のどこかがどうにか変形するためらしい。いやな気持が顎をゆがめるのかもしれない。入歯と歯齦との接触の密なことは紙一重の隙間も許さないくらいのものらしい。どこかが少しきつく当って痛むような場合に、その場処を捜し見付け出してそこを木賊《とくさ》でちょっとこするとそれだけでもう痛みを感じなくなる。それについて思い出すのは次の実話である。スクラインの『支那領中央亜細亜《アジア》』という本の中にある。

東トルキスタンのヤルカンドにミッション付きの歯医者が居た。この人のところへある日遠方の富裕な地主イブラヒム・ベグ・ハジからの手紙をもった使いが来て、「入歯を一揃い作ってこの使いの者に渡してくれ」とのことであった。そこで歯医者は返事をかいて、「口中をよく拝見した上でないと入歯は出来ないから御足労ながら当地まで御出《おいで》を願いたい」と云ってやった。するとまた使いに手紙を持たせて、「御案内誠に忝《かたじけな》い。お言葉に甘えて老僕イシャク・バイを遣《つか》わす。この男の口中の恰好は大体自分のと同様である。尤もこの男には歯が一本もないが自分には上の左の犬歯が一本残っている。それでこの男の口に合うようにして、但し犬歯のところだけ明けておいてくれ」と云って来た。医者の方では「それはどうも出来兼ねる」ということになって、それでこの珍奇な交渉は絶えてしまった。その後この歯医者がカシュガルに器械持参で出かけるついでの道すがらわざわざこのイブラヒム老人のためにその居村に立寄って、かねての話の入歯を作ってやろうと思った。老人を手術台にのせて口中を検査してみると、残った一本の歯というのがもうすっかり齲《むつば》んでぶらぶらになっていた。そこでそれを抜こうとしたが老人頑としてどうしても承知しない。結局「アルラフの神の御思召《おんおぼしめ》しじゃ、わしは御免を蒙る。さようなら」と云って、それっきりで事件が終結した。ほんとうのおはなしである。

それはとにかく、自分たち平生科学の研究に従事しているものが全然専門の知識に不案内な素人から色々の問題について質問を受けて答弁を求められる場合に、どうかすると時々丁度このヤルカンドの歯医者の体験したのとよく似た困難を体験することがある。

それからまた○○などで全国の科学研究機関にサーキュラーを発して、数々のかなり漠然たる研究題目とそれに対して支給すべき零細の金額とを列挙してそれらの問題の研究引受人を募ることがあるようであるが、あれなどもやはりこのイブラヒム老人の入歯の注文とどこか一脈相通ずるところがあるような気がするのである。実際具体的な目的の詳細にわからない注文にぴったりはまるような品物を向けることは不可能である。

尤もそう云えば結婚でも就職でも、よく考えてみればみんなイシャクの入歯をイブラヒムの口にはめて、そうして歯齦がそれにうまく合うように変形するまで我慢出来るか出来ないかを試験するようなものかもそれは分らないのである。

話は変るが、歯は「よわい」と読んで年齢を意味する。アラビア語でもsinnというのは歯を意味しまた年齢をも意味する。「シ」と「シン」と音の似ているのも妙である。とにかく歯は各個人にとってはそれぞれ年齢をはかる一つの尺度にはなるが、この尺度は同じく齢《とし》を計る他の尺度と恐ろしくちぐはぐである。自分の知っている老人で七十余歳になってもほとんど完全に自分の歯を保有している人があるかと思うと四十歳で思い切りよく口腔《こうこう》の中を丸裸にしている人もある。頭を使う人は歯が悪くなると云って弁解するのは後者であり、意志の強さが歯に現われるというのは前者である。

同じ歯の字が動詞になると「天下恥与之歯《てんかこれとともによわいするをはず》」におけるがごとく「肩をならべて仲間になる」という意味になる。歯がずらりと並んでいるようにならぶという譬喩《ひゆ》かと思われる。並んだ歯の一本が齲み腐蝕しはじめるとだんだんに隣の歯へ腐蝕が伝播《でんぱ》して行くのを恐れるのであろう。しかし天下の歯がみんな齲歯になったらこんな言葉はもういらなくなる勘定であろう。

歯の役目は食物を咀嚼し、敵に噛み付き、パイプをくわえ、喇叭《らっぱ》の口金を唇に押付けるときの下敷きになる等の外にもっともっと重大な仕事に関係している。それはわれわれの言語を組立てている因子の中でも最も重要な子音のあるものの発音に必須な器械の一つとして役立つからである。これがないとあらゆる歯音《デンタル》が消滅して言語の成分はそれだけ貧弱になってしまうであろう。このように物を食うための器械としての歯や舌が同時に言語の器械として二重の役目をつとめているのは造化の妙用と云うか天然の経済と云うか考えてみると不思議なことである。動物の中でも例えば蟋蟀《こおろぎ》ぎや蟬などでは発声器は栄養器官の入口とは全然独立して別の体部に取付けられてあるのである。だから人間でも脇腹か臍《へそ》の辺に特別な発声器があってもいけない理由はないのであるが、実際はそんな無駄をしないで酸素の取入口、炭酸の吐出口としての気管の戸口へ簧笛《こうてき》を取付け、それを食道と並べて口腔に導き、そうして舌や歯に二た役掛け持ちをさせているのである。そうして口の上に陣取って食物の検査役をつとめる鼻までも徴発して言語係を兼務させいわゆる鼻音《ネーザル》の役を受持たせているのである。造化の設計の巧妙さはこんなところにも歴然と窺われて面白い。

こおろぎやおけらのような虫の食道には横道に嗉嚢《そのう》のようなものが附属しているが、食道直下には「咀嚼胃《カウマーゲン》」と名付ける嚢《ふくろ》があってその内側にキチン質で出来た歯のようなものが数列縦に並んでいる。この「歯」で食物をつッつきまぜ返して消化液を程よく混淆《こんこう》させるのだそうである。ここにも造化の妙機がある。またある虫ではこれに似たもので濾過器《ろかき》の役目をすることもあるらしい。

もしかわれわれ人間の胃の中にもこんな歯があってくれたら、消化不良になる心配が減るかとも思われるが、造化はそんな贅沢を許してくれない。そんな無稽な夢を画《えが》かなくても、科学とその応用がもっと進歩すれば、生きた歯を保存することも今より容易になり、また義歯でも今のような不完全で厄介なものでなくてもっと本物に近い役目をつとめるようなものが出来るかもしれない。しかし一つちょっと困ったことには若くて有為な科学者は多分入歯の改良などには痛切な興味を感じにくいであろうし、そのような興味を感じるような年配になると肝心の研究能力が衰退しているということになりそうである。

年をとったら歯が抜けて堅いものが食えなくなるので、それで丁度よいように消化器の方も年を取っているのかもしれない。そう考えるとあまり完全な義歯を造るのも考えものであるかもしれない。そうだとすると、がたがたの穴のあいた入歯で事を足しておくのも、かえって造化の妙用に逆らわない所以《ゆえん》であるかもしれないのである。下手な片手落ちの若返り法などを試みて造化に反抗するとどこかに思わぬ無理が出来て、ぽきりと生命の屋台骨が折れるようなことがありはしないか。どうもそんな気がするのである。

（『中央公論』昭和十年三月）

# 『普及版漱石全集』

優れた作品であれば誰でも先ずその中に自分の世界の反映を見出す、そうしてその世界に隣る今まで知らなかった世界を教えられ、いつか自分の世界がその方へ拡がって行くのに気がつく。場合によるとその新しい世界が存外醜くきたない事もある。しかし先生の作品の示現する世界には、如何なる他の作者もが、如何なる読者にでもかつて示さなかった異常な美しさが輝いている。そしてその美しさは疲れ朽ちた人々の心に光と力を与えるであろうと思う。

（岩波書店　昭和三年二月）

# 『決定版漱石全集』

著者の死後あまり年月を経たないうちに纏められた全集には、どうしても色々な点で遺漏があるのはやむを得ない事である。意外な場所に隠れた遺稿が発見される確率は時間の函数である。書簡などの中にもそれが発表されるためには一定の時効の経過を要するものがあるのである。またそれかと言ってあまり長い年月が経ってしまった後ではある種類の資料はもはや永遠に失われてしまうであろう。こういう点から考えて今度の漱石全集は編輯者の最善の努力によって最も完璧に近いものになるであろうという事を私は信じてうたがわないものである。

（岩波書店　昭和十年十月）

## 日記より三句

夏目先生より猫病死の報あり。見舞の端書認む

蚯蚓鳴くや冷き石の枕元

土や寒きもぐらに夢や騒がしき

驚くな顔にかゝるは萩の露

（明治四十一年九月十四日）

## 思ひ出るまゝ

講壇の隅にのせおくニッケルの袂時計を貴しと見き
春寒き午前七時の課外講義オセロを読みしその頃の君
何もなき庭の垣根に朝顔の枯れたるまゝの坪井の邸
帽を振り巾振る人の中にたゞ黙して君は舷《ふなばた》に立ちし
家づとのカバン開けば一束の花ありぬ絹の白薔薇の花

行春の音楽会の帰るさに神田牛込そゞろあるきぬ

瀬戸物の瓶につめたる甘き酒青豆のスープ小鳥のロース

庭に咲く泰山木を指して此花君は如何に見ると云ひし

先生の湯浴《ゆあみ》果てるを待つひまにスチュヂオの絵を幾度か見し

或時は空間論に時間論に生れぬ先の我を論じき

帽子着て前垂かけて小春日の縁の日向に初書きし君

美しき蔦《つた》の葉蔭の呼鈴の釦《ぼたん》を押すが嬉しかりしか

年毎に生ひ茂るまゝの木賊《とくさ》原茂りを愛でし君は今亡し

此の憂誰に語らん語るべき一人の君を失ひし憂

（『渋柿』大正六年二月夏目漱石追悼号）

＊

金縁の老眼鏡をつくらせて初めてかけし其時の顔

マント着て黙りて歩く先生と肩をならべて江戸川端を

もみ上げの白髪抜けども抜きあへず老いぬと云ひし春の或夕

杉の香を籠めたる酒ぞ飲めと云ひて酔ひたる吾を笑ひし先生

先生と対ひてあれば腹立しき世とも思はず小春の日向

俳句とはかゝるものぞと説かれしより天地開けて我が眼に新

（『渋柿』大正六年十二月漱石忌記念号）

# II 先生に集う人たち

# 根岸庵を訪ら記

九月五日動物園の大蛇を見に行くとて京橋の寓居《ぐうきょ》を出て通り合わせの鉄道馬車に乗り上野へ着いたのが二時頃。今日は曇天で暑さも薄く道も悪くないのでなかなか公園も賑《にぎ》おうている。西郷の銅像の後ろから黒門の前へぬけて動物園の方へ曲ると外国の水兵が人力《じんりき》と何か八釜《やかま》しく云って直《ね》ぶみをしていたが話が纏《まと》まらなかったと見えて間もなく商品陳列所の方へ行ってしまった。マニラの帰休兵とかで茶色の制服に中折帽を冠《かぶ》ったのがここばかりでない途中でも沢山見受けた。動物園は休みと見えて門が締まっているようであったから博物館の方へそれて杉林の中へ這入《はい》った。鞦韆《ぶらんこ》に四、五人子供が集まって騒いでいる。ふり返って見ると動物園の門に田舎者らしい老人と小僧と見えるのが立って掛札を見ている。其処《そこ》へ美術学校の方から車が二台幌《ほろ》をかけたのが出て来たがこれもそこへ止って何か云うている様子であったがやがてまた勧工場《かんこうば》の方へ引いて行った。自分も陳列所前の砂道を横切って向いの杉林に這入るとパノラマ館の前でやっている楽隊が面白そうに聞えたからつい其方《そちら》へ足が向いたが丁度その前まで行くと一切《ひとき》り済んだのであろうぴたりと止めてしまって楽手は煙草などふかしてじろ〳〵見物の顔を見ている。後ろへ廻って見ると小さな杉が十本くらいある下に石の観音がころがっている。何々大姉《だいし》と刻してある。真逆《まさか》に墓表《ぼひょう》とは見えずまた墓地でもないのを見るとなんでもこれは其処《そこ》で情夫に殺された女か何かの供養に立てたのではあるまいかなど凄涼《せいりょう》な感に打たれて其処を去り、館の裏手へ廻ると坂の上に三十くらいの女と十歳くらいの女の子とが枯枝を拾うていたからこれに上根岸までの道を聞いたら丁寧に教えてくれた。不折《ふせつ》の油画《あぶらえ》にありそうな女だなど考えながら博物館の横手大猷院尊前《だいゆういんそんぜん》と刻した石燈籠の並んだ処を通って行くと下り坂になった。道端に乞食が一人しゃがんで頻《しき》りに叩頭《ぬかず》いていたが誰れも慈善家でないと見えて鐚一文《びたいちもん》も奉捨にならなかったのは気の毒であった。これが柴とりの云うた新坂なるべし。蛁蟟《つくつくほうし》が八釜《やかま》しいまで鳴いているが車の音の聞えぬのは有難いと思うていると上野から出て来た列車が煤煙を吐いて通って行った。三番と掛札した踏切を越えると桜木町で辻に交番所がある。帽子を取って恭《うやうや》しく子規の家を尋ねたが知らぬとの答故《ゆえ》少々意外に思うて顔を見詰めた。するとこれが案外親切な巡査で戸籍簿のようなものを引っくり返して小首を傾けながら見ておったが後を見かえって内に昼ねしていた今一人のを呼び起した。交代の時間が来たからと云うて序《ついで》にこの人にも尋ねてくれたがこれも知らぬ。この巡査の少々横柄顔《おうへいがお》が癪《しゃく》にさわったれども前のが親切に対しまた恭しく礼を述べて左へ曲った。何でも上根岸八十二番とか思うていたが家々の門札に気を付けて見て行くうち前田の邸《やしき》と云うに行当《ゆきあた》ったので漱石師に聞いた事を思い出して裏へ廻ると小さな小路で角に鶯横町《うぐいすよこちょう》と札が打ってある。これを這入って黒板塀と竹藪の狭い間を二十間《けん》ばかり行くと左側に正岡常規《つねのり》とかなり新しい門札がある。黒い冠《かぶ》木門《きもん》の両開き戸をあけるとすぐ玄関で案内を乞うと右脇にある台所で何かしていた老母らしきが出て来た。姓名を告げて漱石師より予《かね》て紹介のあった筈である事など述べた。玄関にある下駄が皆女物で子規のらしいのが見えぬのが先ず胸にこたえた。外出と云う事は夢の外ないであろう。枕上のしきを隔てて座を与えられた。初対面の挨拶もすんであたりを見廻した。四畳半と覚しき間《ま》の中央に床をのべて糸のように痩せ細った身体を横たえて時々咳が出ると枕上の白木の箱の蓋を取っては吐き込んでいる。蒼白くて頰の落ちた顔に力なけれど一片の烈火瞳底に燃えているように思われる。左側に机があって俳書らしいものが積んである。机に倚《よ》る事さえ叶わぬのであろうか。右脇には句集など取散らして原稿紙に何か書きかけていた様子である。いちばん目に止るのは足の方の鴨居に笠と簑とを吊して笠には「西方十万億土順礼　西子」と書いてある。右側の障子の外が『ホトトギス』へ掲げた小園で奥行四間もあろうか萩の本《もと》を束ねたのが数株心のままに茂っているが花はまだついておらぬ。まいかいは花が落ちてうてながまだ残ったままである。白粉花《おしろいばな》ばかりは咲き残っていたが鶏頭《けいとう》は障子にかくれて丁度見えなかった。熊本の近況から漱石師の噂になって昔話も出た。師は学生の頃は至って寡言《かげん》な温順な人で学校なども至って欠席が少なかったが子規は俳句分類に取りかかってから欠席ばかりしていたそうだ。師と子規と親密になったのは知り合ってから四年もたって後であったが懇意になるとずいぶん子供らしく議論なんかして時々喧嘩などもする。そう云う風であるから自然細君《さいくん》といさかう事もあるそうだ。それを予め知っておらぬと細君も驚く事があるかも知れぬが根が気安過ぎるからの事である故驚く事はない。いったい誰れに対してもあたりの良い人の不平の漏らし所は家庭だなど云う。室《へや》の庭に向いた方の鴨居に水彩画が一葉隣室に油画が一枚掛っている。皆不折が書いたので水彩の方は富士の六合目で磊々《らいらい》たる赭土塊《あかつちくれ》を踏んで向うへ行く人物もある。油画は御茶の水の写生、あまり名画とは見えぬようである。不折ほど熱心な画家はない。もう今日の洋画家中唯一の浅井忠氏を除けばいずれも根性の卑劣な娼嫉《ぼうしつ》の強い女のような奴ばかりで、浅井氏が今度洋行するとなると誰れもその後任を引受ける人がない。ないではないが浅井の洋行が厭《いや》であるから邪魔をしようとするのである。驚いたものだ。不折の如きも近来評判がよいので彼等の妬《ねた》みを買い既に今度仏国博覧会へ出品する積《つも》りの作も審査官の黒田等が仕様もあろうに零点をつけて不合格にしてしまったそうだ。こう云う風であるから真面目に熱心に斯道《しどう》の研究をしようと云う考えはなく少しく名が出れば肖像でも画いて黄白《こうはく》を貪《むさぼ》ろうと云うさもしい奴ばかりで、中にたまたま不折のような熱心家はあるが貧乏であるから思うように研究が出来ぬ。そこらの車夫でもモデルに雇うとなると一日五十銭も取る。少し若い女などになるとどうしても一円は取られる。それでなかなか時間もかかるから研究と一口に云うても容易な事ではない。景色画でもそうだ。先頃上州へ写生に行って二十日ほど雨のふる日も休まずに画いて帰って来ると浅井氏がもう一週間行って直して来いと云われたからまた行って来てようよう出来上がったと云っていたそうだ。それでもとにかく熱心がひどいからあまり器用なたちでもなくまだ未熟ではあるが成効するだろうよ。やはり『ホトトギス』の裏絵をかく為山《いざん》と云う男があるがこの男は不折とまるで反対な性で趣味も新奇な洋風のを好む。いったい手先は不折なんかとちがってよほど器用だがどうも不勉強であるから近来は少々不折に先を越されそうな。それがちと近来不平のようであるがそれかと云うてやはり不精だから仕方がない。あのくらいの天才を抱きながら終《つい》に不折の熱心に勝を譲るかも知れぬなど話しているうち上野からの汽車が隣の植込の向うをごん〳〵と通った。隣の庭の折戸の上に烏が三羽下りてガー〳〵となく。夕日が畳の半分ほど這入って来た。不折の一番得意で他に及ぶ者のないのは『日本』に連載するような意匠画でこれこそ他に類がない。配合の巧みな事材料の豊富なのには驚いてしまう。例えば犬百題など云う難題でも何処《どこ》かから材料を引っぱり出して来て苦もなく拵《こしら》える。いったい無学と云ってよい男であるからこれはきっと僕等がいろんな入智恵をするのだと思う人があるようだが中々そんな事ではない。僕等が夢にも知らぬような事が沢山あって一々説明を聞いてようやく合点《がてん》が行くくらいである。どうも奇態な男だ。先達《せんだっ》て『日本』新聞に掲げた古瓦の画などは最も得意でまた実際真似は出来ぬ。あの瓦の形を近頃秀真《ほつま》と云う美術学校の人が鋳物《いもの》にして茶《ちゃ》托《たく》にこしらえた。そいつが出来損なったのを僕が貰うてあるから見せようとて見せてくれた。十五枚の内ようよう五枚出来たそうで、それも穴だらけに出来て中に破れて繕ったのもあるが、それが却《かえ》って一段の趣味を増しているようだと云うたら子規も同意した。巧みに古色が付けてあるからどうしても数百年前のものとしか見えぬ。中に蝸牛《かたつむり》を這わして「角《つの》ふりわけよ」の句が刻してあるのなどはずいぶん面白い。絵とちがって鋳物だから蝸牛が大変よく利いているとか云うて不折もよほど気に入った様子だった。羽織を質入れしてもぜひ拵えさせると云うていたそうだと。話し半ばへ老母が珈琲《コーヒー》を酌んで来る。子規には牛乳を持って来た。汽車がまた通って蛁蟟《つくつくほうし》の声を打消していった。初対面からちと厚顔《あつかま》しいようではあったが自分は生来絵が好きで予《かね》てよい不折の絵が別けても好きであったから序《ついで》があったら何でもよいから一枚呉《く》れまいかと頼んで下さいと云ったら快く引受けてくれたのは嬉しかった。子規も小さい時分から絵画は非常に好きだが自分は一向かけないのが残念でたまらぬと喞《かこ》っていた。夕日はますます傾いた。隣の屋敷で琴が聞える。音楽は好きかと聞くと勿論きらいではないが悲しいかな音楽の事は少しも知らぬ。どうか調べてみたいと思うけれどもこれからでは到底駄目であろう。尤《もっと》もこの頃人の話で大凡《おおよそ》こんなものかくらいは解ったようだが元来西洋の音楽などは遠くの昔バイオリンを聞いたばかりでピアノなんか一度も聞いた事はないからなおさら駄目だ。どうかしてあんなものが聞けるようにも一度なりたいと思うけれどもそれも駄目だと云うて暫く黙した。自分は何と云うてよいか判らなかった。黯然《あんぜん》として吾も黙した。また汽車が来た。色々議論もあるようであるが日本の音楽も今のままでは到底見込がないそうだ。国が箱庭的であるから音楽まで箱庭的である。一度音楽学校の音楽室で琴の弾奏を聞いたが遠くで琴が聞えるくらいの事で物にならぬ。やはり天井の低い狭い室でなければ引合わぬと見える。それに調子が単純で弾ずる人に熱情がないからなおさらいかん。自分は素人考えで何でも楽器は指の先で弾くものだから女に適したものとばかり思うていたが中々そんな浅いものではない。日本人が西洋の楽器を取ってならす事はならすが音楽にならぬと云うのはつまり弾手《ひきて》の情が単調で狂すると云う事がないからで、西洋の名手とまで行かぬ人でも楽《がく》の大切な面白い所へくると一切夢中になってしまうそうだ。これぱかりは日本人の真似の出来ぬ事で致し方がない。ことに婦人は駄目だ、冷淡で熱情がないから。露伴の妹などは一時評判であったがやはり駄目だと云う事だ。空が曇ったのか日が上野の山へかくれたか畳の夕日が消えてしまいつくつくほうしの声が沈んだようになった。鳥はいつの間にか飛んで行っていた。また出ますと云うたら宿は何処かと聞いたから一両日中に谷中の禅寺へ籠る事を話して暇《いとま》を告げて門へ出た。隣の琴の音が急になって胸をかき乱さるるような気がする。不知不識《しらずしらず》其方へと路次を這入ると道はいよいよ狭くなって井戸が道をさえぎっている。その傍で若い女が米を磨《と》いでいる。流しの板のすべりそうなのを踏んで向側へ越すと柵があってその上は鉄道線路、その向うは山の裾である。其処を右へ曲るとよう〳〵広い街に出たから浅草の方へと足を運んだ。琴の音はやはりついて来る。道がまた狭くなってもとの前田邸の裏へ出た。ここから元来た道を交番所の前まであるいてここから曲らずに真直ぐに行くとまた踏切を越えねばならぬ。琴の音はもうついて来ぬ。森の中でつくつくほうしがゆるやかに鳴いて、日陰だから人が蝙蝠傘《こうもりがさ》を阿弥陀にさしてゆる〳〵あるく。山の上には人が沢山停車場から凌雲閣《りょううんかく》の方を眺めている。左側の柵の中で子供が四、五人石炭車に乗ったり押したりしている。機関車がすさまじい音をして小家の向うを出て来た。浅草へ行く積りであったがせっかく根岸で味おうた清閑の情を軽業の太鼓御賽銭の音に汚《けが》すが厭になったから山下まで来ると急いで鉄道馬車に飛乗って京橋まで窮屈な目にあって、向うに坐った金縁眼鏡隣に坐った禿頭の行商と欠伸の掛け合いで帰って来たら大通りの時計台が六時を打った。

（明治三十二年九月　岩波書店『寺田寅彦全集　文学篇』一九三六年刊に初収録）

# 初めて正岡さんに会った時　Hazimete Masaoka San ni atta Toki

明治三十二年九月五日、私が熊本の高等学校を卒業して、国で夏休みを過ごし、いよいよ大学へ入るために東京へ出て来てまだ間もない頃であった。かねて夏目先生から紹介しておいていただいた正岡さんの上根岸の家を訪ねようと思って尾張町の宿を出たのは昼過ぎであったかと思う。その頃まだ通《かよ》っていた鉄道馬車に乗って上野まで来て、公園を抜け、博物館の横から新坂へ下りて、坂の下の交番で正岡子規の家はと尋ねてみたが、巡査は知らなかった。丁度交替に来た他の巡査にも聞いたが知らなかった。帳面を出して詳しく調べてくれたがやっぱり分からなかった。私は軽《かろ》い失望と不平を感じた。そして、いろいろの違った世界に生活している人々が入り乱れて住まっていて、お互いに知らずにいる都会の生活を面白くも思った。

歩いているうちに、前田の屋敷に突き当たったので、夏目先生から聞いていたことを思い出し、裏へ回って行《ゆ》くと、狭い路地の入口に「鶯横町《うぐいすよこちょう》」と札が出ている。これを入って黒板塀と竹藪との間を少しばかり行くと左側に「正岡常則《つねのり》」と、思いの外に新しい標札が見つかった。黒い冠木門《かぶきもん》の両開きの戸を開けて入るとすぐに突き当たりが玄関である。玄関には下駄がいくつもあるが男のは一つもなかった。案内を乞うと、右側の台所で何かしておられたお母さんらしい方が出て来た。

座敷へ通って、枕元の敷居越しに初対面の挨拶をすませてから、私は一種の珍しいものに対する心持ちで主人とその周りの物を見廻した。狭い座敷の真ん中に床《とこ》を延べて痩せ細った体を横たえていたが、軽《かろ》くお辞儀をして、「失敬」と言っただけで淋《さみ》しい笑顔を見せられた。如何にも大病らしく青白い頰はこけているが、大きな切れ長な目の中には一種の力強い光があって、向き合った人の腹の奥底まで見透《みとお》さねばおかないというように思われた。枕元に新しい白木の小さい箱があるのを何かと思って見ていたら、時々咳が出ると箱の蓋を取って、中のコップに白く泡だった痰を吐くのであった。それがなんとも言えぬ痛ましい淋《さび》しい心持ちを起こさせるのであった。左側には机があって書物が積み上げてある。右側には俳句の綴じ合わせなども散らばっていて、原稿紙に何か書きかけてあるのも見える。病人の足元の柱にはきれいな簑と菅笠とが掛けてあって、笠には「西方十万億土　西子」と書いてある。右の障子の外は『ホトトギス』に紹介された庭で、奥行四間《けん》もあろうか、萩の根もとを束《つか》ねたのが幾株か、心のままに茂っているが、花はまだあまりついていない。玫瑰《はまなす》はもう花が落ちてしまって萼《うてな》が淋しく残っている。白粉花《おしろいばな》は咲き残っているが、「小園之記」の鶏頭《けいとう》は丁度障子にでも隠れてか見えなかった。

熊本の話から夏目先生の噂が出た。先生は学生の頃から至って無口な穏かな人であって、学校などもめったに欠席したことはなかったが、子規の方は俳句の分類にかかってから欠席ばかりしていたそうである。「二人の親しくなったのは、知合いになってから四年もたって後《のち》のことであった。親しくなると遠慮がなくなって、随分子供らしい議論などして時々喧嘩もした。そういう風だから、自然細君《さいくん》などともいさかうことがあるそうだが、性分を心得ていればなんでもないのだ。あまり気安過ぎるからのことだから驚くことはない。一体、外で人に当たりのいい者の不平の洩らし所は家庭だから。」

部屋の庭の方にあたる鴨居に水彩画が一枚、隣りの部屋には油絵が一枚架かっている。いずれも中村不折《ふせつ》が描いたので、水彩の方は「富士の六合目」で、赤茶けた石ころ道を登って行《ゆ》く人物も見える。油絵はお茶の水の写生であった。「不折ぐらい熱心な画家は少《すけ》ない。一体、A—などを除けば、今の洋画家は大抵根性の卑劣な、嫉妬心の強い女のような者ばかりである。A—が今度洋行するとなると、誰もその後を引受ける人がない。ないではないが、A—の洋行が嫌なのである。驚いたものだ。不折なども近頃評判がよいので、彼らの妬みを買っている。すでに、今度フランスの博覧会へ出品するつもりの作も、審査官のK—らが、しようもあろうに零点《れいてん》を付けて、不合格にしてしまったそうだ。真面目に熱心に研究をしようという考えはなくて、少し名が出れば肖像でも描いて金を貪《むさぼ》ろうというさもしい連中《れんじゅう》ばかりである。中には、不折のような熱心家はあるが、貧乏だから思うように研究ができない。そこいらの車屋でもモデルに傭うとなると、一度五〇銭も取る。若い女などになるとどうしても一円は取られる。それでなかなか時間も長くかかるのだから、研究と一口に言っても容易なことではない。風景画でもそうである。不折が先達て上州へ写生に行って二十日ほど雨の降る日も休まずに働いて帰って来ると浅井さんが、もう一週間行って直して来いと言われたから、また行って来た。とにかく、熱心がひどいから、あまり器用な質《たち》でもなく、まだ未熟だが、今にきっと成功するだろう。I—という男があるが、この男は不折とはまるで反対で、趣味から言っても新奇な西洋風を好むし、手先も不折などと違って器用な質だが、どうもあまり勉強をしないものだから、近頃は不折に先《せん》を越されそうである。あのくらいな天才を抱《いだ》きながら、ついに不折の熱心に勝ちを譲らねばならんかも知れない。」

こんな話を聞いているうちに上野の方から汽車がすさまじい音を立てて隣りの植込《うえご》みの向うを通った。隣りの庭の枝折戸《しおりど》の上に烏が三羽《ば》下りてガーガーと鳴く。夕日が畳の半分ほど差し込んで来た。

「不折の一番得意で他の者に真似のできないのは、『日本新聞』に連載しているような意匠画である。取合せのうまいこと、材料の豊富なことには誰もかなうまい。たとえば、〝大百題〟などという難題でもどこからか材料を引っぱり出して来て苦もなくこしらえてしまう。一体、大して学問をした人でもないから、これはきっと僕らが入れ智恵をするのだろうと思っている人もあるようだが、なかなかそれどころではない。僕らが夢にも知らないようなことがたくさんに出て来て、一々説明を聞いて初めて合点のゆくようなわけである。どうも奇態な男だ。先達て『日本』に出ていた古瓦の絵などは最も得意な方である。あの瓦の形を美術学校の秀真《しゅうしん》（香取）という人が鋳物にして茶托をこしらえた。そいつが出来損なったのを僕が貰ってあるから見せよう」と言って見せてもらった。一五枚のうちでやっと五枚だけ出来たそうで、それすら穴だらけに出来ている。中には割れてしまったのをくっつけて繕ったのもあるが、それも却って一種の面白みを添えているのであった。瓦の上に蝸牛《かたつむり》を這わせて「角《つの》振り分けよ」という句を刻んだのもある。絵とは違って、鋳物だけにこの蝸牛が大変によく効いているとか言って、不折もよほど気に入っていた。羽織を質に置いても是非こしらえさせると言っていたそうである。

御母《おっか》さんがコーヒーを出して来られた。正岡さんには牛乳を持って来た。汽車がまた通ってつくつく法師《ぼうし》の声を打ち消して行く。夕日はだんだんに傾いて来た。隣りの屋敷で琴の音《ね》が聞える。「音楽はお好きですか」と聞いてみた。「無論嫌いではないが、音楽についてはほとんど何《なん》にも知らない。研究してみたいとは思うが、この体では駄目だろう。尤《もっと》も人の話を聞いておよそこんなものだろうぐらいは想像されるが、西洋の音楽といっては、遠くの昔にバイオリンを聞いたことがあるぐらいで、ピアノなんか一度も聞いたことがないからなおさら駄目だ。そういうものが聞かれるような体にもう一度なりたいとは思うが、それも駄目だ。」……「いろいろ議論もあるようだが、日本の音楽も、今のままでは到底見込みはないそうである。国が箱庭的であるからか音楽まで箱庭的である。いつか、音楽学校の音楽室で琴を聞いたが、遠くで琴が聞えているなというぐらいのもので、物にならない。やっぱり天井の低い部屋でなければ釣合わぬと見える。それに、単調で、おまけにやる人が熱情がないからなおさら駄目だ。僕は素人考えで、なんでも楽器は指の先で弾くものだから女に適したものとばかり思っていたが、なかなかそんなものではないそうだ。日本の音楽家が駄目なのは情熱が足りないからだ。殊《こと》に女などはなおさら駄目である。R―の妹などは一時評判であったがやっぱり駄目だそうな。」

空が曇ったのか、日が隠れたのか、畳に差していた夕日が消えてしまって、つくつく法師の声が沈んだようになった。暇《いとま》を告げて表へ出ると、隣りの家《うち》の琴の音《ね》がどこまでもとついて来るのであった。

（『ホトトギス』大正七年十月）

# 仰臥漫録（「備忘録」より）

何度読んでも面白く、読めば読むほど面白さの沁《し》み出して来るものは夏目先生の「修善寺日記」と子規の『仰臥漫録』とである。いかなる戯曲や小説にも到底見出されない面白味がある。何故これほど面白いのかよく分らないがただどちらもあらゆる創作の中で最も作為の痕《あと》の少ないものであって、拘《こだ》わりのない叙述の奥に隠れた純真なものがあらゆる批判や估価《こか》を超越して直接に人を動かすのではないかと思う。そしてそれは死生の境に出入する大患と、なんらかの点において非凡な人間との偶然な結合によってのみ始めて生じ得る文辞の宝玉であるからであろう。

岩波文庫の『仰臥漫録』を夏服のかくしに入れてある。電車の中でも時々読む。腰掛けられない時は立ったままで読む。これを読んでいると暑さを忘れ距離を忘れる事が出来る。

「朝　ヌク飯三ワン　佃煮　梅干　牛乳一合ココア入　菓子パン　塩センベイ……」

こういう記事が毎日毎日繰返される。それが少しも無駄にもうるさくも感ぜられない。読んでいる自分はその度ごとに一つ一つの新しき朝を体験し、ヌク飯のヌク味とその香を実感する。そして著者と共に貴重な残り少ない生の一日一日を迎えるのである。牛乳一合がココア入りであるか紅茶入りであるかが重大な問題である。それは政友会が内閣をとるか憲政会が内閣をとるかよりは遥かに重大な問題である。

昼飯に食った「サシミノ残リ」を晩飯に食ったという記事がしばしば繰返されている。この残りの刺身の幾片かのイメージがこの詩人の午後の半日の精神生活の上に投げた影はわれわれがその文字の表面から軽々に読過するほどに希薄なものではなく、卑近なものでもなかったであろう。

この病詩人を慰めるために色々のものを贈って来ていた人々の心持の中にもさまざまな複雑な心理が読み取られる。頭の鋭い子規はそれに無感覚ではなかったろう。しかし子規は習慣の力で色々の人から色々のものを貰うのをあたかも当然の権利ででもあるかのようにきわめて事務的に記載している。この事務的散文的記事の紙背には涙がある。

頭が変になって「サアタマラン〳〵」「ドーショウ〳〵」と連呼し始めるところがある。あれを読むと自分は妙に滑稽を感じる。絶体絶命の苦悶で遂に自殺を思うまでに立到る記事が何故に可笑《おか》しいのか不思議である。「マグロノサシミ」に悲劇を感じる私はこの自殺の一幕に一種の喜劇を感得する。しかし、もしかするとその場合の子規の絶叫はやはりある意味での「笑い」ではなかったか。これを演出しこれを書いた後の子規はおそらく最も晴れ晴れとした心持を味わったのではないか。

夏目先生の「修善寺日記」には生まれ返った喜びと同時に遥かな彼方の世界への憧憬が強く印せられていて、それはあの日記の中に珠玉のごとく鏤《ちりば》められた俳句と漢詩の中に凝結している。子規の『仰臥漫録』には免れ難い死に当面したあの子規子の此方《こなた》の世界に対する執着が生々しいリアルな姿で表現されている。そしてその表現の効果の最も強烈なものは毎日の三度の食事と間食との克明な記録である。『仰臥漫録』から「ヌク飯」や「菓子パン」や「マグロノサシミ」や色々の、さも楽しみそうに並べ誌した御馳走を除去して考える事は不可能である。

『仰臥漫録』の中の日々の献立表は、この生命がけで書き残された稀有の美しい一大詩篇の各章ごとに規則正しく繰返されるリフレインでありトニカでなければならない。

（『思想』昭和二年九月）

# 子規の追憶

子規の追憶については数年前『ホトトギス』にローマ字文を掲載してもらったことがある。今度これを書くのに参考したいと思って捜したが、その頃の雑誌が手許に見当らない。とにかく同じような事を二度は書きたくないから、前に書かなかったと思うことだけを記すことにする。

一

自然科学に関する話題にも子規はかなりの興味を有《も》って居たように思われる。当時自分は訪問してそういう方面のどんな話をしていたかは思い出せないが、ただ一つ覚えていることがある。ある時颱風《たいふう》の話からそのエネルギーの莫大なこと、それをどうにかして人間に有益なように利用するようにしたいというようなことを話したら、大変にそれを面白がった。暴風の害を避けようというのでなくて積極的にそれを利用するというのは愉快だと云って喜んでいた。

写生文を鼓吹《こすい》した子規、「草花の一枝を枕元に置いて、それを正直に写生していると造化の秘密がだんだん分って来るような気がする」と云った子規が自然科学に多少興味を有つという事は当然であったかも知れない。『仰臥漫録』に「顕微鏡にて見たる澱粉《でんぷん》の形状」の図を貼込んであるのもそういう意味から見て面白い。

とにかく、文学者と称する階級の中で、科学的な事柄に興味を有ち得る人と有ち得ない人とを区別する事が出来るとしたら子規はその前者に属する方であったらしい。この事は子規という人とその作品を研究する際に考慮に加えてもいいことではないかと思う。

## 二

学芸の純粋な進展に対して社会的の拘束が与える障害について不満の意を洩らすのを聞かされた事も一度や二度ではなかったように記憶する。例えば美術や音楽の方面においていわゆる官学派の民間派に対する圧迫といったようなことについて、具体的の実例をあげていわゆる官僚的元老の横暴を語るのであったが、それがただ冷静な客観的の噂話でなくて、かなり興奮した主観的な憤懣《ふんまん》を流出させるのであった。どういう方面からそういう材料を得ていたかまたその材料がどれだけ真に近いものであったかは自分には全然分らない。しかし故人がそういう方面の内幕話に興味を有ち、またそういう材料の供給者を有っていた事はたしかである。

子規は世の中をうまく渡って行く芸術家や学者に対する反感を抱くと同時に、また自分に親しい芸術家や学者が世の中をうまく渡る事が出来なくて不遇に苦しんでいるのを歯痒《はがゆ》く思っていたかのように私には感ぜられる。

三

ある時西洋の小説の話から始まってゾラの『ナナ』の筋も私に話して聞かせた。それから、何という表題の書物であったか、若い僧侶が古い壁画か何かの裸体画を見て春の目覚めを感じるという場面を非常にリアルな表現をもって話して聞かせた事があった。その時の病子規は私には非常に若々しく水々しい人のように感ぜられた。

私は『仰臥漫録』を繙《ひもと》いて、あの日々の食膳の献立を読む事に飽きざる興味を感じるものである。そうしてそれを読みながら、またどういうわけか時々このゾラの小説の話を思い出すのである。

ほとんど腐朽に瀕した肉体を抱えてあれだけの戦闘と事業を遂行した巨人のヴァイタルフォースの竈《かまど》から迸《ほとばし》る火花の一片二片として、こういう些細な事柄もいくらかの意味があるのではないかと思われるのである。

## 四

子規の家から不折《ふせつ》氏の家へ行く道筋を画いて教えてくれたものが唯一の形見として私の手許に残っている。それは子規氏の特有の原稿用紙（唐紙《とうし》？　に朱罫《しゅけい》、十八行二十四字）いっぱいに画いた附近の略地図である。右上に斜に鉄道線路が二本引いてある。鶯横町は右下半に曲線を描いて子規庵は長さ一センチくらいのいびつな長方形でしるされてある。図の左半は比較的込み入っていて、不折邸附近の行きづまり横町が克明に描かれ「不折」「浅井」両家の位置が記入されている。面白いことは横町の入口の両脇の角に「ユヤ」「床ヤ」と書いてある。それから不折邸の横に「上根岸四十番」と記し、その右に大きな華表《とりい》を画いて「三島神社」としてある。ずっと下の方に門を書いて、「正門」としてあるのは前田邸の正門であろう。

脚腰の立たない横に寝たきりの子規氏の頭脳の中にかなり明確に保存されていた根岸の地理の一つの映像としてこれも面白いものの一つであろうと思う。この辺も区劃整理で昔の形が消えてしまうかどうか知りたいものである。

今久し振りにこの図を取出して見ていると三十年前の子規庵の光景がありありと思い出される。御院殿坂《ごいんでんざか》に鳴く蜩《ひぐらし》の声や邸後を通過する列車の騒音を聞くような心持がする。

（『日本及日本人』昭和三年九月増刊正岡子規号）

# 『子規全集』

子規と言えば、あの情熱的なしかし鋭い大きな眼玉と、あの頃の『ホトトギス』を中心とした俳壇が生気に溢れていたことを思い出します。子規は半分腐れたからだを引きずりながら、俳壇のみならず詩歌壇の上で闘いました。

子規は俳人としては非常に頭のいい人であったと思われます。次に来るべきものをちゃんと摑んでいたところが偉いと思います。当時和歌では来るべき万葉時代、俳句では来るべき蕪村時代の先導者であった子規が、もし現存しているものとしましたら、蕪村の次に来るべきものとして芭蕉を捕えたに相違ないという気がします。

子規その人については、夏目先生に紹介されて以来度々病床を訪ねたこともあり、いろいろ忘れ難い印象もありますが、ともかくも私の今まで会った人の中でも最も偉いと思う人の一人であります。

（改造社　昭和四年）

# 子規自筆の根岸地図

子規の自筆を二つ持っている。その一つは端書《はがき》で「今朝ハ失敬、今日午後四時頃夏目来訪只今（九時）帰申候。寓所ハ牛込矢来町三番地字《あざ》中ノ丸丙六〇号」とある。片仮名は三字だけである。「四時頃」の三字はあとから行の右側へ書き入れになっている。表面には「駒込西片町《にしかたまち》十番地いノ十六　寺田寅彦殿　上根岸八十二　正岡常規《つねのり》」とあり、消印は「武蔵東京下谷《したや》　卅三年七月二十四日イ便」となっている。これは、夏目先生が英国へ留学を命ぜられたために熊本を引上げて上京し、奥さんのおさとの中根氏の寓居にひと先ず落着かれたときのことであるらしい。先生が上京した事をわざわざ知らしてくれたものと思われる。その頃自分は大学二年生であったが、その少し前に郷里から妻を呼びよせて西片町に家をもっていたのである。

「今日」とあるのは七月二十三日だろうと思われるのは消印が二十四日のイ便である

のに「只今（九時）帰中候」とあるからである。夏目先生が帰ってからすぐに筆をとってこの端書をかき、そうして、おそらくすぐに令妹律子さんに渡してポストに入れさせたのではないかとも想像される。それが最後の集便時刻を過ぎていたので消印が翌日の日附になったものであろう。

それはとにかく「四時」「九時」と時刻を克明に書いている所に何となく自分の頭にある子規という人が出ているような気がする。そうかと思うと日附は書いてないのも何となく面白い。

配達局の消印も明瞭で駒込局のロ便になっている。一体にその頃の消印ははっきりしていたが、近頃のは捺《お》し方がぞんざいで不明なのが多いような気がする。こんな些末なところにも現代の慌だしさが出ているかもしれないと思われる。

もう一つの子規自筆の記念品は、子規の家から中村不折《ふせつ》の家に行く道筋を自分に教えるために描いてくれた地図である。子規常用の唐紙に朱罫《しゅけい》を劃した二十四字十八行詰の原稿紙いっぱいにかいたものである。紙の左上から右辺の中ほどまで二条の並行曲線が引いてあるのが上野の麓を通る鉄道線路を示している。その線路の右端の下方、すなわち紙の右下隅に鶯横町《うぐいすよこちょう》の彎曲《わんきょく》した道があって、その片側にいびつな長方形のかいてあるのがすなわち子規庵の所在を示すらしい。紙の右半はそれだけであとは空白であるが、左半の方にはややゴタゴタ入り組んだ街路がかいてある。不折の家は二つ並んだ袋町の一方のいちばん奥にあって「上根岸四十番不折」としてある。隣の袋町に○印をして「浅井」とあるのは浅井忠氏の家であろう。この袋町への入口の両脇に「ユヤ」「床屋」としてある。この界隈の右方に鳥居をかいて「三島神社」とある。それから下の方へ下がった道脇に「正門」とあるのはたぶん前田邸の正門の意味かと思われる。

もちろん仰向けに寝ていて描いたのだと思うがなかなか威勢のいい地図で、また頭のいい地図である。その頃はもう寝たきりで動けなくなっていた子規が頭の中で根岸の町を歩いて画いてくれた図だと思うと特別に面白いような気がする。

表装でもしておくといいと思いながらそのままに、色々な古手紙と一しょに突込んであったのを、近頃見せたい人があって捜し出して書斎の机の抽斗《ひきだし》に入れてある。せめて状袋にでも入れて「正岡子規自筆根岸地図」とでも誌《しる》しておかないと自分が死んだあとでは、紙屑になってしまうだろうと思う。

こんな事を書いていたら、急に三十年来行ったことのない鶯横町へ行ってみたくなった。日曜の午後に谷中《やなか》へ行ってみると寛永寺坂に地下鉄の停車場が出来たりしてだいぶ昔と様子がちがっている。昔の御院殿坂を捜して墓地の中を歩いているうちに鉄道線路へ出たがどうも見覚えがない。陸橋を渡るとそこらの家の表札は日暮里《にっぽり》となっている。昨日の雨でぐじゃぐじゃになった新開街路を歩いているとラジオドラマの放送の声がついて来る。上根岸百何番とあるからこの辺かと思うが何一つ昔の見覚えのあるものはない。昔の根岸はもうとうに亡くなってしまっている。鶯横町も消えているのではないかという気がして心細くなって来た。とある横町を這入って行くと左側にシャボテンを売る店があった。もう少し行くと路地の角の塀に掛けた居住者姓名札の中に「寒川陽光」とあるのが突然眼についた。そのすぐ向う側に寒川氏の家があって、その隣が子規庵である。表札を見ると間違いはないのであるが、どういうものか三十年前の記憶とだいぶちがうような気がする。門も板塀も昔の方が今のより古くさびていたように思われ、それから門から玄関までの距離が昔はもっと遠かったような気がする。もちろん思い違いかもしれない。ただ向う側の割竹を並べた垣の上に鬱蒼と茂って路地の上に蔽いかぶさっている椎《しい》の木らしいものだけが昔のままのように見える。人間よりも家屋よりもこうした樹の方が年を取らぬものと思われる。とにかくこの樹の茂りを見てはじめて三十年前の鶯横町を取返したような気がした。帰りにはやっぱり御院殿の坂が見付かった。どこか昔の姿が残っているが昔のこんもりした感じはもうない。

鶯横町の椎の茂りを見ただけで満足してそのまま帰って来てよかったような気がする。三十年前の錯覚だらけの記憶をそのまま大事にそっとしておくのも悪くはないと思うのである。

帰ってから現在の東京の地図を出して上根岸の部分を物色したが、図が不正確なせいか鶯横町も分らないし、子規自筆地図にある二つの袋町も見えない。ことによるとちょうどその辺を今電車が走っているのかもしれないのである。

（『東炎』昭和九年八月）

# 明治三十二年頃

明治三十二年に東京へ出て来たときに夏目先生の紹介ではじめて正岡子規の家へ遊びに行った。それとほとんど同時に『ホトトギス』という雑誌の予約購読者になったのであったが、あの頃の『ホトトギス』はあの頃の自分にとっては実にこの上もなく面白い雑誌であった。先ず第一に表紙の図案が綺麗で目新しく、俳味があってしかも古臭くないものであった。不折《ふせつ》、黙語《もくご》、外面《とのも》諸画伯の挿画や裏絵がまたそれぞれに顕著な個性のある新鮮な活気のあるものであった。現在のようなジャーナリズム全盛時代ではおそらく大多数のこうした種類の挿画や裏絵は執筆画家の日常の職業意識の下に制作されたものであろうと思うが、あの頃の『ホトトギス』の上記の画家のものはいかにも自分で楽しみながら描いたものだろうという気のするものばかりである。どうしてそんな気がするか分らない。一つにはこれらの画家が子規と特別な親交があって、そうしてこの病友を慰めてやりたいという友情が籠っていたであろうし、また一つには当時他に類のなかったオリジナルでフレッシな雑誌の体裁を創成するということに対する純粋な芸術的な興味も多分に加わっていたために、おのずから実際に新鮮な活気が溢れていたのではないかとも思われる。こうした活気はすべてのものの勃興時代にのみ見らるるものであって、一度隆盛期を通り越すと消えてしまう。これはどうにも仕様のないものである。

たしか浅井和田両画伯の合作であったかと思うがフランスのグレーの田舎へ絵をかきに行った日記のようなものなども実に清新な薫りの高い読物であった。その内容はすっかり忘れてしまったが、それを読んだときに身に沁みた平和で美しいフランスの田舎の雰囲気だけが今でもそっくり心に残っているようである。「闇汁会《やみじるかい》」や「柚味噌会《ゆみそかい》」の奇抜な記事などもなかなか面白いものであった。これなども具体的内容は覚えていないが、この記事で窺われた当時の根岸子規庵の気分と云ったようなものだけははっきり思い出すことが出来る。

その頃すでに読者から日記や短文の募集をしていた。自分も時に応募していたが、自分の書いた文章が活字になったのは多分それが最初であったと思う。理科大学の二年生で西片町《にしかたまち》に家を持っていたその頃の日記の一節を「牛頓日記」と名づけて出したことがある。牛頓はニュートンと読むのであるが実に妙な名前をつけたものだと思う。もっとも二年生のとき牛頓祭という理科大学学生年中行事の幹事をさせられたので、それが頭にあったためかもしれない。また、短文の方は例えば「赤」とか「旅」とかいう題を出して、それにちなんだ十行か二十行くらいの文章を書かせるのであった。何という題であったか忘れたが、自分が九歳の頃東海道を人力車で西下したときに、自分の乗っていた車の車夫が檜笠《ひのきかさ》を冠っていて、その影が地上に印しながら走って行くのを椎茸《しいたけ》のようだと感じたと見えてその車夫を椎茸と命名したという話を書いた。子規がその後時々自分に「あの椎茸のようなのはもっとないかね」と云ったことを思い出す。あの頃の短文のようなものなども、後に『ホトトギス』の専売になった「写生文」と称するものの胚芽《はいが》の一つとして見ることも出来はしないかという気がする。少なくも自分だけの場合について考えると、ずっと後に『ホトトギス』に書いた小品文などは、この頃の日記や短文の延長に過ぎないと思われる。

裏絵や図案の募集もあって数回応募した。最初に軒端の廻燈籠《まわりどうろう》と梧桐《あおぎり》に天の河を配した裏絵を出したら幸運にそれが当選した。その次に七夕棚《たなばただな》かなんかを出したら今度は見事に落選した。その後子規に会ったとき「あれはまずい、前のと別人のようだと不折が云っていた」と云われた。その後に冬木立の逆様《さかさま》に映った水面の絵を出したらそれは入選したが「あれはあまり凝《こ》り過ぎてると碧梧桐《へきごとう》が云ったよ」という注意を受けた。

やはりその頃であったと思うが、子規が熟柿を写生した絵を虚子《きょし》が見て「馬の肛門かと思った」と云った。それを子規がひどく面白がって「しかし本当にそう思ったんだから」ということを繰返し繰返し言い訳のように云うのであった。

募集した絵をゆっくり一枚一枚点検しながら、不折や虚子や碧梧桐を相手に色々批評したり、また同時に自分の描いておいた絵を見せたりして閑談に耽《ふけ》るのがあの頃の子規の一つの楽しみであったろうということも想像される。

ともかくもあの頃の『ホトトギス』には何となしに活々《いきいき》とした創成の喜びと云ったようなものが溢れこぼれていたような気がするのであるが、それは半分は読者の自分がまだ若かったためかもしれない。しかしそうばかりでもないかもしれない。食物に譬《たと》えれば栄養価は乏しくても豊富なるビタミンを含有していた。そうして他にはこれに代わるべき御馳走はほとんどなかった。それが、大正昭和と俳句隆盛時代の経過するうちに、栄養に富んだ食物も増し料理法も進歩したことはたしかであるが同時にビタミンの含有比率が減って来て、缶詰料理やいかもの喰いの趣味も発達し、その結果敗血症《はいけつしょう》の流行を来したと云ったような傾向がないとも限らない。

こうした輪廻《サイクル》の道程がもう一歩進んで堕落と廃頽の極に達し俳句が再び「宗匠」と「床屋」の占有物となる時代が来ると、そこではじめて次の輪廻の第一歩が始まるのではないかという気もする。その前にはどうしても一度行きつくところまで行く必要があるであろう。

事によると明治維新後の俳句の真の黄金時代はかえって明治三十年代にあったのではないかという気もするのである。もちろんこれは自分等の年輩のものの自分勝手な見方ではあろうが、こうした見方もあるいは現代の俳人に多少の参考にはなるかもしれないと思ったので思い出話のついでに拙ない世迷言《よまいごと》を並べてみた次第である。

（『俳句研究』昭和九年九月）

# 津田青楓君の画と南画の芸術的価値

私は永い前から科学と芸術、あるいはむしろ科学者と芸術家との素質や仕事や方法に相互共通な点の多い事に深い興味を感じている。それで嗜好趣味という事は別として、科学者として芸術を論じるという事もそれほど不倫な事とは思われない。のみならず自身に取っては芸術上の問題を思索する事によって自分の専門の事柄に対して新しい見解や暗示を得る事も少なくないのである。それと同時に、科学者の芸術論が専門の芸術評論家の眼から見て如何《いか》に平凡幼稚なものであっても、芸術家の芸術論と多少でも異なるところがあらば、それは少なくも或る芸術家のために何らかの参考にならぬとも限らない。もしそうだとすれば自分がここにあえてこの一篇を公にするのも強《あなが》ち無意味ではないかもしれない。例えば山出しの批評も時には三越意匠部の人の参考になるかもしれず、生蕃人《せいばんじん》の東京観も取りようでは深刻な文明批評とも聞える事があるかもしれない。

この稿を起したもう一つの理由は、友人としての津田君の隠れた芸術をいくぶんでも世間に紹介したいという私の動機《プライヴェートモーチヴ》からである。これも一応最初に断っておいた方がよいかと思う。

津田君は先達て催した作画展覧会の目録の序で自白しているように「技巧一点張主義を廃し新なる眼を開いて自然を見直し無技巧無細工の自然描写に還り」たいという考えをもっている人である。作画に対する根本の出発点が既にこういうところにあるとすれば津田君の画を論ずるに伝説的の技巧や手法を盾に取ってするのはそもそも見当違いな事である。小笠原流の礼法を標準としてロシアの百姓《ムジーク》の動作を批評するようなものかもしれない。あるいはむしろ自分のような純粋な素人の評の方が却って適切であり得るかもしれない。一体津田君の主張するように常に新たな眼で自然を見直すという事は科学者にとっても甚だ重要な事である。科学の進歩の行き止りにならないのは全くそういう態度の賜物である。科学は決して自然をありのままに記載するものではない。自然の顔には教科書の文句は書いてない。自然を如何に見て如何に表現すべきかという事は全く自由ではないがしかも必ずしも絶対に単義的《ユニーク》なものではない。

例えば昼夜の交代太陽の運行を観測した時に地球が動いているとするか太陽が動いているとするかはただこれだけの現象の説明をするにはいずれでも差しつかえはない。しかし太陽が地球の周囲を動いているとすると外の遊星の運動を非常に複雑なものと考えなければならず、また重力の方則なども恐ろしく難儀なものになるに相違ない。科学の場合には方則の普遍性とか思考の節約とかいう事が標準となって科学者の自然に対する見方を指導しその価値を定めて行くのである。これに比べて芸術家が自然に対する見方は非常に多様であり得る事は勿論である。科学者はなるたけ自分というものを捨ててかかろうとする。一方で芸術家はもっぱら自己を主張しようとする。而《しか》してその区々《まちまち》な表現の価値を定めるものも科学の場合とは無論一様でない。しかしともかくも芸術家のうちで自然そのものを直接に見て何物かを見出そうという人があれば、その根本の態度や採るべき方法には自《おの》ずから科学者と共通点を見出す事が出来てもよい訳である。

新しい目で自然を見るという事は存外六《むつ》かしい事である。吾人《ごじん》は生れ落ちて以来馴れ切っている周囲に対して、ちゃんと定まった、しかも極めて便宜的《コンヴェンショナル》な型や公式ばかりを当《あ》て嵌《は》めている。朝起きて顔を洗う金盥《かなだらい》の置き方から、夜寝る時の寝衣の袖の通し方まで、無意識な定型を繰返している吾人の眼は、如何に或る意味で憐れな融通のきかぬものであるかという事を知るための、一つの面白い、しかも極めて簡単な実験は、頭を倒《さかさ》にして股間から見馴れた平凡な景色を覗いて見る事である。たったそれだけの眼の向け方でも今まで見逃していた自然の美しさが今更のように目に立つのである。写真機のピントガラスに映った自然や、望遠鏡の視野に現われた自然についても、時に意外な発見をして驚くのは何人《なんぴと》にも珍しくない経験である。

芸術家としてどうすれば新しい見方をする事が出来るかという事は一概に云えない、それは人々の天性や傾向にもよる事であろうが、一つにはまた絶えざる努力と修練を要する事は勿論である。然《しか》るに現今幾百を数える知名の画家殊《こと》に日本画家中で少なくも真剣にこういう努力をしている人が何人あるかという事は、考えてみると甚だ心細いような気がする。それで津田君のこの点に対する努力の結果が既にどこまで進んでいるかは別問題としても、そういう態度とこれを実行する勇気とに対して先ず共鳴を感じないではいられないのである。

尤《もっと》もどの画家でも相当な人ならばある程度まではそういう事を考えぬ人は無いかもしれないが、しかしそう考えるばかりで何時《いつ》までも同じ谷間の径路を往復しながら対岸の自然を眺めているのでは到底駄目であろう。一度も二度も馴れた道を捨てなければならない、時には頭を倒にして見るだけの手数もあえてしなければならない、時にはまた向うの峰へ上って見下す事もしなければならない。こういう事を現に少しでも実行しているらしい少数の画家の作画に対して自分は常に同情と期待をもって注意していた。その作品がどれほど自分の嗜好からは厭《いや》なと思うものでも、またあまりに生硬と思うものでも、それにかかわらず一種の愉快な心持をもって熟視する事が出来た。毎年の文展や院展を見に行ってもこういう自分のいわゆる外道的鑑賞眼を喜ばすものは極めて稀《まれ》であった。多くの絵は自分の眼にはただ一種の空虚な複製品としか思われなかった。少なくも画家の頭脳の中にしまってある取って置きの粉本《ふんぽん》をそのまま紙布の上に投影してその上を機械的に筆で塗って行ったものとしか思われなかった。ペンキ屋が看板の文字を書くようにそれはどこから筆を起してどういう方向に運んで行っても没交渉なもののように見えた。たまには複製でない本当の原本《オリジナル》と思われる絵を見出して愉快を感じる事もあったが、ややもすればその独創的な点がもうそろそろ一種の安心したような、これでいいといったようなおさまり方に変化するのを認めて失望した。どうかしてもう少し迷っている画家のおさまらぬ作品に接したいと希望していた。そうして偶然に逢着したのが津田君であった。

洋画家並びに図案家としての津田君は既に世間に知られている。しかし自分が日本画家あるいは南画家としての津田君に接したのは比較的に新しい事である。そしてだんだんその作品に親しんで行くうちに、同君の天品が最もよく発揮し得られるのは正《まさ》しくこの方面であると信ずるようになったのである。

津田君はかつて桃山に閑居していた事がある。そこで久しく人間から遠ざかって朝暮ただ鳥声に親しんでいた頃、音楽というものはこの鳥の声のようなものから出発すべきものではないかと考えた事があるそうである。津田君が今日その作品に附する態度はやはりこれと同じようなものであるらしい。出来るだけ伝統的の型を離れるには一度あらゆるものを破壊し投棄して原始的の草昧時代《そうまいじだい》に帰り、原始人の眼をもって自然を見る事が必要である。こういう主張は実は単なる言詞としては決して新しいものではないだろうが、日本画家で実際にこの点に努力し実行しつつある人が幾人あるという事が問題である。

原始的無技巧という点では野蛮人の絵や子供の絵は最も代表的のものであろう。彼等の絵は概念的抽象的あるいはむしろ科学的なものである。しかしアカデミックな芸術に食傷したものの眼には不思議な慰安と憧憬を感ぜしめる。これはただ牛肉の後に沢庵《たくあん》というような意味のものではなく、もっとずっと深い内面的の理由による事と思う。美学者や心理学者はこれに対してどういう見解を下しているか知らないが、とにかく東洋画殊《こと》に南画というものの芸術的の要素の中にはこれと同じようなものがある事は疑いない。

複製《リプロダクション》の技術としての絵画はとうの昔に科学の圧迫を受けて滅亡してしまった。筆触用墨の技巧はいまだ一般の鑑賞家には有難がられているであろうが、本当の芸術としての生命は既に旦夕《たんせき》に迫っている。そのような事は職人か手品師の飯の種になるべきものではあるまいか。筆の先を紙になすりつけ、それが数尾のごまめを表わし得て生動の妙を示したところで、これはあまりに職工的なあるいはむしろアクロバチックの芸当であって本当の芸術家としてむしろ恥ずべき事ではあるまいか。文学にしても枕詞やかけ言葉を喜ぶような時代は過ぎている。地口《じぐち》や駄洒落は床屋以下に流通している時代ではあるまいか。

日本画の生命はこのような低級な芸当にあるとは思われない。近代西洋画が存在の危機に瀕《ひん》した時に唯一の救済策として日本画の空気を採り入れたのは何故であろう。

単に眼先を変えるというような浅薄な理由によるだろうか。自分はそうは思わない。日本画には到底科学などのために動揺させられない、却ってあるいは科学を屈服させるだけの堅固な地盤があると思う。何故かと云えば日本画の成立ち組立て方において非常に科学的でそしてむしろ科学以上なところがあるからである。

師匠の真似ばかりしていた古来の職工的日本画家は別問題として、何らかの流派を開いた名画家の作品を見ると、たとえそれが品の悪い題材を取扱った浮世絵のようなものであっても、一口に云って差しつかえのないと思う特徴は、複雑な自然人生の中から何らか普遍的な要素を捉《つか》まえていて、そしてそれを表わすに最も簡単明快な方法を選んでいる事である。例えば光琳《こうりん》の草木花卉《かき》に対するのでも、歌麿や写楽の人物に対するのでもそうである。こういう点で自分が特に面白く思うのは古来の支那画家の絵である。尤も多くはただ写真などで見るばかりで本物に接する事は稀であるが、それだけでも自分は非常な興味を感じさせられる。というのは画家各自の選み出した要素がそれぞれ一種の普遍的な事実あるいは方則のようなものであって、しかも相互の間に何らの矛盾もなければ背違もない。あたかも多様な見方の上に組立てた科学的系統が相併立しているような観がある。現今の物質科学ではこういう自由は許されていない。人間性《アンスロポモルフィズム》というものを出来るだけ除外しようという傾向からすればこれは当然な事であるが、芸術ではこの点は勿論ちがう。おのおのの画家はそれぞれの系統を有し、そのおのおのが事実であり真実でありしかも互いに矛盾しないところが面白くまた尊いところであろう。

筆触や用墨を除いた日本画や南画の根本的の要素は何かという事は六かしい問題であるが、自分はこの要素の材料となるものは前にいったような原始的で同時に科学的な見方と表現法であると思う。しかしそれだけではいまだ野蛮人や子供の絵と異なるところはないが、それと大いに異なるところはこれらの材料から組立てる一種の「思考の実験《ゲダンケンエキスペリメント》」である。科学者が既知の方則を材料として演繹的《えんえきてき》にこのような実験を行って一つの新しい原理などを構成すると同様に、南画家はまた一種の実験を行ってそこに一つの新しい芸術的の世界を構成し現出せしめるのである。画としての生命はむしろここにあるのであるまいか。科学者の仕事の生命は人の実験を繰り返す事でないと同様に画家の価値も不断に自分の「実験」を考えながら進んで行くところにあるのではあるまいか。

もし世の中に全然新しいものが得られぬとすれば、在来の画の種類の中でこのような「思考の実験」を行うに最も適したものは南画だという事はあえて多言を要しない事と思う。そういう事はもう自分のここに云うとはちがった言葉で云い古された事かもしれない。しかもこういう意味から見て絵画と称すべき絵画の我邦《わがくに》に存する事があまりに少ないのに驚くのである。

津田君の絵は今非常な速度で変化し発育しつつあるのだから概括的に論ずるが困難であるのみならず、また具体的に一つ一つの作品に対して批評するのも容易な仕事ではない。しかしともかくも出発点における覚悟と努力の向け方においては自分が本当の南画の精神要旨と考えるものに正《まさ》しく適合している。狭く南画などとは云わず、一般に芸術というものが科学などの圧迫に無関係に永存し得べき肝心の要素に触接しているように思われるのである。

津田君といえども伝習の羈絆《きはん》を脱却するのは困難である。あるいは支那人や大雅堂蕪村やあるいは竹田《ちくでん》のような幻像が絶えず眼前を横行してそれらから強い誘惑を受けているように見える。そしてそれらに対抗して自分の赤裸々の本性を出そうとする際に、従来同君の多く手にかけて来た図案の筆法がややもすれば首を出したくなる。それをも強《し》いて振り落して全く新しい天地を見出そうと勉《つと》めているのである。その努力の効果は決して仇《あだ》でない事は最近の作品が証明している。

津田君が南画に精力を集注し始めた初期の作品を見ると一つの面白い現象を発見する。例えば樹の枝に鳥が止まっている。よく見ると樹の枝は鳥の胴体を貫通していて鳥はあたかも透明な物体であるように出来上がっている。津田君は別にこれに対して何とも不都合を感じていないようである。樹枝を画く時にここへ後から鳥を止まらせる用意としてあらかじめ書き残しをしておくような細工はしないのである。これは一見没常識のように見えるかもしれぬが、そこに津田君の出発点の特徴が最も明白に現われているのである。そういう遣り方が写真として不都合であっても絵画としてはそれほど不都合な事ではないという事が初めから明らかに理解されている証拠である。また下書きなどをしてその上を綺麗に塗りつぶす月並なやり方の通弊を脱し得る所以《ゆえん》であるまいか。本当の意味の書家が例えば十の字を書く時に始め一を左から右へ引き通す際に後から来る丨の事など考えるだろうか、それを考えれば書の魂は抜けはしまいか。たとえ胴中を枝の貫通した鳥の絵は富豪の床の間の掛物として工合が悪いかもしれぬが、そういう事を無視して絵を画く人が存在するという事実自身が一つの注目すべき啓示《レヴェレーション》ではあるまいか。自分は少し見ているうちにこの種の非科学的な点はもうすっかり馴れてしまって何らの不都合をも感じなくなった。おそらく誰でも同様であろう。ただ在来の月並の不合理や出来合の矛盾にのみ馴れてそれを忘れている眼にほんの一時的の反感を起させるに過ぎないであろう。

津田君の絵についてこういう新しい見馴れぬ矛盾や不合理を探せばいくらでもある。こういう点の多いという事がまさに君が新しい眼で自然を見つつある事実を証明するのである。在来のいわゆる穏健な異端でない画に対して吾人が不合理を感じないのは、そこに不合理がないという証拠では毛頭ない。ただそこには何らの新しい不合理を示していないというだけである。そしてこれは間接には畢竟《ひっきょう》新しい何物をも包んでいない事を暗示するのである。そうかと思うと一方で立体派や未来派のような舶来の不合理をそのままに鵜呑《うの》みにして有難がって模倣しているような不見識な人の多い中に、このような自分の腹から自然に出た些細な不合理はむしろ一服の清涼剤として珍重すべきもののような感がある。

鳥の足が変な処にくっついている、樹の上で鳥が力学的平衡を保ち得るかは疑問である。樹の幹や枝の弾性は果してその重量に堪え得るや否や覚束ない。あるいは藁苞《わらづと》のような恰好をした白鳥が湿り気のない水に浮んでいたり、睡蓮《すいれん》の茎ともあろうものが蓮《はす》のように無遠慮に長く水上に聳《そび》えている事もある。時には庇《ひさし》ばかりで屋根のない家に唐人のような漱石先生が居る事もある。このような不思議な現象は津田君のある時期の画中には到る処に見出される。在来の型以外のものに対して盲目な公衆の眼にはどうしても軽視され時には滑稽視されるのは誠に止むを得ぬ次第であるが、そういう人でも先ず試みに津田君のこの種の絵と技巧一点張の普通の絵と並べて壁間に掲げ、ゆっくり且《か》つ虚心に眺めて見るだけの手数をしたならば、多分今までとちがった心持で津田君の絵を見直すだけの余裕が出来ようかと思う。技巧を主とした絵は一見その妙に酔わされ感服させられる。しかし先ず大抵《たいてい》の絵は少し永く見ていると直にそれほどの魅力はなくなる、そして往々一種の堪え難い浮薄な厭味が鼻につく場合も少なくない。技巧というものが畢竟それ限りのものであって、それ以上の何物をも有せぬものとすれば、これは当然な事ではあるまいか。津田君の絵は正《まさ》しくそれに反する。ちょっと見た時にはかつて夏目先生が云われたじじむさいような点や、一見甚だしく不器用なように見える描き方や、科学的幾何学的の不合理というようなものが目に付きやすい、それにかかわらず何とも名状の出来ぬ一種の清新な空気が画面に泛《ただよ》うている事は極端な頑固な人でない限りおそらく誰でも容易に観取する事が出来るだろう。そしてもしその際自分の本当の感じを押し隠したり偽ったりする事さえしなければ、だんだん眺めていればいるほど前ににじむさいと思ったところや不合理と感じた事は何でもなくなって、従来のいわゆる穏健な絵からは受ける事の出来ない新しい活気のある面白味や美しさが際限もなく出て来るだろう。技巧派の絵からは吾人が自然そのものについて教えられ、また啓示される事は甚だ稀であるが、津田君の絵からは自分は常に様々な暗示を受け、新しい事を教えられるのである。本当の芸術上の創作というものはこういうものであるべきではあるまいか。

仕上げの足りないという事やじじむさいという事は自分の要求するような意味の創作というものにはあるいはむしろ避くべからざる附き物ではないかと思う。一度草稿を作ってその通りのものを丹念に二度書き上げたものは、もはや半分以上魂の抜けたものになるのは実際止み難い事である。津田君はそういう魂のないものを我慢して画く事の出来ぬ性の人であるから、たとえ幾枚画き改めたところで遂に「仕上げ」の出来る気遣いはないのであろう。二枚目は草稿よりもとにかく一歩でも進まないではいられないのである。一体職工的の「仕上げ」という事が芸術品の価値にどれだけ必要なものであるか疑わしい。悪くおさまった仕上げはその作品を何らの暗示も刺戟もないものにしてしまう。完全和絃ばかりから構成されたものは音楽とはなり得ないように絵画でも幾多の不協和音や雑音に相当する要素がなければ深い面白味は生じ得ないではあるまいか。特に南画においてそういう必要があるのではあるまいか。然るに近代の多数の南画家の展覧会などに出した作品例えば御定まりの青緑山水のごときものを見ると、山の形、水の流れ、一草一木の細に至るまで実に一点の誤りもない規則ずくめに出来ている。そして全体の感じはどうであるかというと自分はちょうど主和絃ばかりから出来た音楽でも聞くか、あるいは甘いものずくめの料理を食うような心持がするのである。あるいは平凡な織物の帯地を見ているようなもので、綺麗は綺麗だがそこに何らの感興も起らなければ何らの刺戟も受けない。これに反して古来の大家と云われるほどの人の南画は決してそんなものではない。自分の知っている狭い範囲だけでも蕪村、高陽《こうよう》のごとき人の傑作に対する時は、そこに幾多の不細工あるいは不恰好が優れた器用と手際との中に巧みに入り乱れ織り込まれて、ちょうど力強い名匠の音楽の演奏を聞くような感じがするのである。殊に例えば金冬心《きんとうしん》や石濤《せきとう》のごとき支那人の画を見るがよいと思う。突飛な題材を無造作な不細工な描き方で画いているようではあるが、第一構図や意匠の独創的な事は別問題としても今ここに論じているような「不協和の融和」という事が非常にうまく行われているので、そこに名状の出来ぬ深みが生じ「内容」が出来ているのである。津田君の絵がまさにそうである。非常に不器用な子供の描いたようなところがあると思うとまた非常に巧妙な鋭利なところがある。不細工な粗放な線が出ているかと思うとまた驚くべく繊巧な神経的な線が現われている。云わば一つの線の交響楽《シンフォニー》のようなものではあるまいか。快活、憂鬱、謹厳、戯謔《ぎぎゃく》さまざまの心持が簡単な線の配合によって一幅の絵の中に自由に現われていると思うのである。

津田君の絵には、どのような軽快な種類のものでも一種の重々しいところがある。戯れに描いた漫画風のものにまでもそういう気分が現われている。その重々しさは四条派の絵などには到底見られないところで、却って無名の古い画家の縁起絵巻物などに瞥見《べっけん》するところである。これを何と形容したら適当であるか、例えばここに饒舌《じょうぜつ》な空談者と訥弁《とつべん》な思索者とを並べた時に後者から受ける印象が多少これに類しているかもしれない。そして技巧を誇る一流の作品は前者に相応するかもしれない。饒舌の雄弁固《もと》より悪くはないかもしれぬが、自分は津田君の絵の訥弁な雄弁の方から遥かに多くの印象を得、また貴重な暗示を受けるものである。

このような種々な美点は勿論津田君の人格と天品とから自然に生れるものであろうが、しかし同君は全く無意識にこれを発揮しているのではないと思われる。断えざる研究と努力の結果であることはその作品の行き方が非常な目まぐるしい速度で変化しつつある事からも想像される。近頃某氏のために揮毫《きごう》した野菜類の画帖を見ると、それには従来の絵に見るような奔放なところは少しもなくて全部が大人しい謹厳な描き方で一貫している、そして線描の落着いたしかも敏感な鋭さと没骨《もっこつ》描法《びょうほう》の豊潤な情熱的な温かみとが巧みに織り成されて、ここにも一種の美しい交響楽《シンフォニー》が出来ている。この調子で進んで行ったらあるいは近いうちに「仕上げ」のかかった、しかも魂の抜けない作品に接する日が来るかもしれない、自分はむしろそういう時のなるべく遅く来る事を望みたいと思うものである。

津田君の絵についてもう一つ云い落してはならぬ大事な点がある。それは同君の色彩に関する鋭敏な感覚である。自分は永い前から同君の油画や図案を見ながらこういう点に注意を引かれていた。なんだか人好きの悪そうな風景画や静物画に対するごとに何よりもその作者の色彩に対する独創的な感覚と表現法によって不思議な快感を促されていた。それはあるいは伝習を固執するアカデミックな画家や鑑賞家の眼からは甚だ不都合なものであるかもしれないが、ともかくも自分だけは自然の色彩に関する新しい見方と味わい方を教えられて来たのである。それからまた同君の図案を集めた帖などを一枚一枚見て行くうちにもそういう讃美の念がますます強められる。自分は不幸にして未来派の画やカンジンスキーのシンクロミーなどというものに対して理解を持ち兼ねるものであるが、ただ三色版などで見るこれらの絵について自分が多少でも面白味を感ずる色彩の諧調は津田君の図案帖に遺憾なく現われている。時には甚だしく単純な明るい原色が支那人のやるような生々しいあるいは烈しい対照をして錯雑していながら、それが愉快に無理なく調和されて生気に充ちた長音階の音楽を奏している。ある時は複雑な沈鬱な混色ばかりが次から次へと排列されて一種の半音階的の旋律を表わしているのである。

このような色彩に対する敏感が津田君の日本画に影響を持たないはずはない。尤もある画を見ると色彩については線法や構図に対するほどの苦心はしていないかと思われるのもないではないが、しかし簡単な花鳥の小品などを見ても一見何らの奇もないような配色の中に到底在来の南画家の考え及ばないと思われる創見的な点を発見する事が出来る。例えば一見甚だ陰鬱な緑色とセピアとの配合、強烈に過ぎはしないかと疑われる群青《ぐんじょう》と黄との対照、あるいは牡丹《ぼたん》の花などにおける有りとあらゆる複雑な紫色の舞踏、こういうようなものが君の絵に飽かざる新鮮味を与え生気を添えている。こういう点だけでも自分の見るところでは津田君と同じような人が他に幾人求め得られるか疑わしい。自分が他の種々の点で優れたと思う画家の中でも色彩の独創的な事において同君と比肩すべき人を物色するのは甚だ困難である。

津田君の絵についてもう一つの特徴と思われる事がある。君の絵はある点で甚だ無頓着に自由に且つ呑気そうに見えると同時に、また非常に神経過敏にあるいは少しく病的と思われるほど気むずかしいところがある。これも同君の絵について感ずる矛盾の調和の一つであって絵の深みを増す所以である。このような点はある支那人や現代二、三の日本画家の作品にも認められるのみならず、また西洋でも後期印象派の作などにおいて瞥見するところである。あるいは却って古代の宗教画などに見られて近代のアカデミー風の画には薬にしたくもないところである。ルーベンスやゲーンスボローやないしはアルマタデマに無くしてセザンヌ、ゴーホあるいはセガンチニなどに存するところのものである。

津田君の日本画とセザンヌやゴーホの作品との間の交渉は種々の点で認められる。

単にその技巧の上から見ても津田君の例えばある樹幹の描き方や水流の写法にはどことなくゴーホを想起させるような狂熱的な点がある。あるいは津田君の画にしばしば出現する不恰好な雀や粟の穂はセザンヌの林檎《りんご》や壺のような一種の象徴的の気分を喚起するものである。君が往々用いる黄と青の配合までもまた後者を聯想《れんそう》せしめる事がある。このような共通点の存在するのは、根本の出発点において共通なところのある事から考えれば何の不思議もない事ではあるまいか。あるいはまた津田君の寡黙な温和な人格の内部に燃えている強烈な情熱の焔《ほのお》が、前記の後期印象派画家と似通ったところがあるとすれば猶更《なおさら》の事であろう。

ある批評家はセザンヌの作品とドストエフスキーの文学との肖似《しょうじ》を論じている。自分も偶然に津田君の画とこの露文豪のある作品との間に共軛点《きょうやくてん》を認めさせられている。殊に彼の『イディオット』の主人公の無技巧な人格の美に対して感じるような快感を津田君の画から味わい得られる。そして真率朴訥《しんそつぼくとつ》という事から出て来る無限の大勢力の前に虚飾や権謀が意気地なく敗亡する事を痛快に感じないではいられない。

以上の比較は無論ただ津田君の画のある小さい部分について当て嵌るものであって、全体について云えば津田君の画は固《もと》より津田君の画である事は申すまでもない。同君のような出発点を有する人の画を論ずるに他人のしかも外国人の画などを引合いに出したくはない。しかし外国人の事と云えば、これを紹介し祖述する事に敏捷《びんしょう》な人々の多い世の中に、津田君の画を紹介しようとする人の少ないのは不思議である。遂に自分のようなものでも差し出口をきかなければならないような事になるのはどういう訳であろう。

ここまで書いて来て振り返ってみると自分ながら随分臆面もなくよくこれだけ書いたものだと思う。しかし自分として云いたいと思う事はまだなかなか十分の一も尽されていない。一番云いたいと思うような主要な第一義の事柄はこれを云い表わすだけの言葉がなかなか見付からない。それでやっと述べ得た事すらも多くは平凡でなければ不得要領であったり独り合点に終っているかもしれない。青楓《せいふう》論と題しながら遂に一種の頌辞《しょうじ》のようなものになってしまった。しかしあらを捜したり皮肉をいうばかりが批評でもあるまい。少しでも不満を感ずるような点があるくらいならば始めからこのような畑違いのものを書く気にはなり得なかったに相違ない。

津田君の画はまだ要するにXである。何時如何《いついか》なる辺に赴くかは津田君自身にもおそらく分らないだろう。しかしその出発原点と大体の加速度の方向とが同君として最も適切なところに嵌っている事は疑いもない事である。そして既に現在の作品が群を抜いた立派なものである事も確かである。それで自分は特別な興味と期待と同情とをもって同君の将来に嘱目している。そして何時までも安心したりおさまったりする事なしに、何時までも迷って煩悶して進んで行く事を祈るものである。芸術の世界に限らず科学の世界でも何か新しい事を始めようとする人に対する世間の軽侮、冷笑ないし迫害は、往々にして勇気を沮喪《そそう》させたがるものである。しかし自分の知っている津田君にはそんな事はあるまいと思う。かつて日露戦役に従ってあらゆる痛苦と欠乏に堪えた時の話を同君の口から聞かされてから以来はこういう心配は先ずあるまいと信ずるようになったのである。

（『中央公論』大正七年八月）

# 『藪柑子集《やぶこうじしゅう》』自序

十余年前の旧作を集めて、この小冊子を出す事になった。「団栗《どんぐり》」から「花物語」までの十一篇は、いずれも、かつて雑誌『ホトトギス』に掲載されたものである。「団栗」の出たのが明治三十八年四月で、「花物語」の出たのが四十一年十月であった。すなわち私が二十八歳から三十一歳までの三年間に書いたものである。「花物語」を書いた翌年の春、私は西洋へ行った。その時の旅行日記に、少しばかり手を入れて、近頃、松根東洋城《まつねとうようじょう》君の雑誌『渋柿』に連載したものが「旅日記」である。西洋に居る間に、夏目漱石先生に宛てて書いた私信の一部が、先生の紹介で『東京朝日新聞』に掲載された。それを今度岩波君を煩わして、探し出してもらって、それに多少の筆を加えたものが巻末の「先生への通信」である。

その後、私は十年以上、こういう種類のものには、全く筆を絶っていたが、大正八年の暮から、胃潰瘍に罹って、しばらく休養しなければならない事になった。その病間の無聊《ぶりよう》を紛らすつもりで、昔親しんだペンと原稿紙に再び親しむようになった。

それで今度、この二、三年間に書いたものを集めて一冊の本にしてみたいような気がしたので、この事を小宮豊隆君に相談した。小宮君はその企てに賛成してくれたと同時に、私が昔書いたものも、この際に集めて一緒に出す事を勧めてくれた。

明治四十三年頃であったかと思う、高浜虚子氏が、私の旧作を纏《まと》めてみたらどうか、と云って、わざわざ雑誌の切抜を集めて、送ってくれた事があった。それが、そのまま保存してあったのを取出して、久し振りで読み返してみた。読んでみると、自分ながら気恥かしくて、とても今更らしく出せないもののような気がする。しかし同時にこんなものを書いた当時の追憶の種として、自分には捨て難いような気もする。

当時私はかなり忙しいからだであった。その忙しい間のわずかな暇を偸《ぬす》んでは、よく千駄木町の夏目先生の家へ遊びに行っていた。明治三十八年正月に、先生の「吾輩は猫である」が現われて、『ホトトギス』が新しい活気を帯びて来ると同時に、先生の周囲も急に賑やかになった。時々先生の家で写生文や短篇小説の持寄り会が催されたりした。そういう空気に刺戟されて、自分も何かしら書いてみたくなったのであった。「団栗」の出たのは、先生の「猫」の第三回と、「幻の盾」の現われた、第百号の増刊であった。「花物語」の出たのも、やはりいつかの増大号で、先生の「文鳥」を始めとして、碧梧桐《へきごとう》、鼠骨《そこつ》、弥生子、左千夫の創作が並んでいた。

そういうものを今取出して見ていると、当時の先生を中心とした一つの世界、それに立交じっていた自分の生活がありあり思い出されて、またなく懐かしい。

しかし、そういう大きな背景があったという事は、この集の読者にとっては、おそらく何のたよりにもならない訳であろう。もし何かになるとすれば、それは例えば大きな河の流れの傍の小さな水溜を見るほどの興味を与えるだけの事かも知れない。読者の眼の前には、おそらくただ一人の感傷的な弱々しい青年が、少し短か過ぎてまわりの悪い舌で、何かしら物を云っている姿が、ぼんやり映るだけかも知れない。

十余年の歳月を距てて見ると、今のこの私自身の眼にも、そういう姿しか浮んで来ない。このようなものを書いた青年の私は、今の私にとってももう全く過去の人である。それでその青年の後身である今の私が、今日こうした冊子を出版しようとする心持は、云わば死んだ親か兄弟かの墓石を建てようとしていると同じ心持である。

そうはいうものの、この本を纏める傍で、近頃書いたものを整理しながら較べて見ていると、争われないもので、今の私の中から、時々思いがけなく、昔の私が顔を出す事がある。

そうして、どうかすると私は、今の私の方が、却って本当の私ではなくて、この集に出ている青年の私の方が、純粋の私ではないかと思う事もある。

いずれにしても、こういう集を公にするという事は、つまり自分を俎板《まないた》の上にのせて、世間に曝すという事である。そうして恥を曝している自分を、はたで冷やかに見ている第三者の立場に自分をおいて見た時に、始めて私はこの集を出すだけの申訳を見出す事が出来るように思う。

つまりは、ただこれが一つの「記録」になればよい、と思うまでである。

この集のために何かエピローグのようなものを書いてくれるようにと小宮君に頼んだ。今書いてくれたのを読んでみると、私のためにはあまりに結構過ぎて、少し困るような気がする。しかしこれは、この「墓」の前にはこの上もない有難い手向草《たむけぐさ》でなければならない。

この集の装釘は自分でした。やはり何か挿画のようなものが入れたかったので、これも結局自分で描いたものの内から、小宮君に選んでもらう事にした。こういう絵を、手数のかかる木版刷などにするというのは、実はあまりに思い上がったことのような気もする。しかし、これもやはり同じ「記録」の一面として見れば、この集に加えても、甚だしい不都合はないようにも思う。

最後に、この書を出す事について、またその装釘挿画等について、私の思うままを容れて下さった岩波氏の好意に対して、ここで改めて御礼の言葉を述べておきたいと思う。

大正十二年一月十七日夜　著者

（岩波書店　大正十二年二月）

# 『藪柑子集』執筆当時の追憶

私が『藪柑子集』の諸作を書いたのは、明治三十八年から四十一年の四ヶ年の間のことであるが、何しろふた昔前のこととて、追憶と言っても瞭然《はっきり》と順序立てて浮んで来ない。三十六年に学校を卒業してから大学院で勉強していたが、四十二年に洋行するまでのその期間に、千駄木の夏目漱石先生のお宅に出入りして、当時『ホトトギス』に拠っていたいわゆる写生文一派の人々と昵懇《じっこん》になった。先生のお宅では高浜氏等が寄り集って、各自の作品を読み合ったものであったが主に高浜氏が読み役を勤めたように覚えている。この会合が、その後に興った木曜会の濫觴《らんしょう》をなしたようなものであった。そういう雰囲気に浸っていたこととて、私も刺激されて禿筆《とくひつ》を呵《か》したわけだが、先生や高浜氏から讃辞を貰って、得意になって書き続けたものである。筆を執り初めたのはそれよりずっと以前からで、正岡子規氏等によって『ホトトギス』で写生を提唱されていた頃、丁度学生時代であったが、「赤」とか「影」とかいう風な課題の下に短い文章や日記を募集していたのに応募したりしたものである。そのようなものの中で、子規氏に面白いといって褒められたこともあったようだ。

夏目先生のお宅での日を定めての集合は、別に大した意味からではなく、面会日が定められてあったので自然にこういう会合が形成されたのじゃないかと思う。初めは、河東碧梧桐《かわひがしへきごとう》氏や寒川鼠骨《さむかわそこつ》氏等の顔も見え、坂本四方太《よもた》氏などは盛んに気焔をあげられたようだ。

『藪柑子集』の作品は、主に夏目先生の推薦で『ホトトギス』に発表し、後尾に収めた部分のものは、洋行してあちらに行っていた頃に書いたものである。

私が夏目先生の恩顧を蒙った頃の消息は、『漱石全集』中の「書簡文」を収録したところを見ればよくわかる。ちょっと挙げてみると、先生のこんな便りがある。――

明治三十八年二月二十三日、野間真綱へ、

「明後二十五日土曜日食牛会を催ふす　鍋一つ、食ふもの曰く奇瓢《きひょう》曰く伝四《でんし》曰く真拆《まさき》曰く虚子曰く四方太曰く寅彦曰く漱石。午後五時半迄に御来会希望致候。」

明治三十八年三月十三日、野間君宛に、

「寅彦は今日も来て文章を朗読してゆきました。」

明治三十八年三月十四日、伝四宛に、

「寅彦の「団栗」はちよつと面白く出来てゐる。」

というような言葉が散見せられる。

明治四十一年三月十六日、虚子宛の手紙に、

「藪柑子先生「伊太利人《イタリア》」と申す名作を送り候。木曜に御出なければ締切に間に合ふ様取りに御寄こしか、此方より御送致す事に致候。」

と、ひやかして書かれてある。この頃、高浜氏は『俳諧師』を執筆されていたらしく、三月十三日、虚子宛に、

「今日の俳諧師は頗る上出来に候。敢て一葉を呈して敬意を表す。」

というのもある。

私は、洋行してから、筆硯と遠ざかったのであまり大して作を物してない。想えば、長い月日が過ぎたものだ。

『藪柑子集』一巻に収めた諸作を書いたあの思い出多い四ケ年の間のことが深い懐し

みをもって胸にきざまれている。

（春陽堂『明治大正文学全集第二十一巻』附録「春陽堂月報」昭和三年七月）

# 芥川龍之介君（「備忘録」より）

芥川龍之介君が自殺した。

私が同君の顔を見たのはわずかに三度か四度くらいのものである。そのうちの一度は夏目先生のたしか七回忌に雑司ケ谷《ぞうしがや》の墓地でである。たいがい洋服でなければ羽織袴を着た人達のなかで芥川君の着流しの姿が目に立った。ひどく憔悴《しょうすい》した艶のない蒼白い顔色をして外の人の群から少し離れて立っていた姿が思い出される。唇の色が著しく紅く見えた事、長い髪を手で撫《な》で上げるかたちがこの人の印象をいっそう憂鬱にした事などが眼に浮んで来る。参拝を終ってみんなが帰る時にK君が「どうだ、あとで来ないか」と云った時に黙ってただ軽く目礼をしただけであったと覚えている。そんな事まで覚えているのは、その日の同君が私の頭に何か特別な印象を刻みつけたためかと思われる。

もう一度はK社の主催でA派の歌人の歌集刊行記念会といったようなものを芝公園のレストーランで開いた時の事である。食卓で幹事の指名かなんかでテーブルスピーチがあった。正客の歌人の右翼に坐っていた芥川君が沈痛な顔をして立上がって、自分は何もここで述べるような感想を持ち合わさない。ただもし強《し》いて何か感じた事を述べよとならば、それは消化器の弱い自分にとって今夜の食卓に出されたパンが恐るべき硬いパンであったという事であると云って席に就いた。その夜の芥川君には先年雑司ヶ谷の墓地で見た時のような心弱さといったようなものは見えなかった。若々しさと鋭さに緊張した顔容と話し振りであった。しかし何かしら重い病気がこの人の肉体を内側から蝕《むしば》んでいる事はだれの眼にもあまりに明白であった。

「恐るべき硬いパン」、この言葉が今この追憶を書いている私の耳の底にありあり響いて聞こえる。そしてそれが今度の不慮の死に関する一つの暗示ででもあったような気がしてならない。

あの時同じ列に坐った四、五人の中でもう二人は故人となった。そのもう一人は歌人のS・A氏である。

（『思想』昭和二年九月）

# 高浜さんと私

高浜さんとはもうずいぶん久しく会わないような気がする。丸ビルの一階をぶらつく時など、八階のホトトギス社を尋ねて一度昔話でもしてみたいような気のすることがある。今度改造社から「虚子《きょし》の人と芸術」について何か書けと言われたについて、その昔話をペンですることにする。

三十余年前のことである。熊本の高等学校を出て東京へ出て来るについて色々の期待をもっていたうちでも、一つの重要なことは正岡子規を訪問することであった。そうして、着京後間もなく根岸の鶯横町《うぐいすよこちょう》というのを尋ねて行った。前田邸の門前近くで向うから来る一人の青年が妙に自分の注意を引いた。その頃流行った鍔《つば》の広い中折帽を被《かぶ》って縞の着物、縞の羽織、それでゴム靴をはいて折カバンを小脇にかかえている、そうして非常にゆっくり落着いて歩いて来るのである。その時私は直感的に、これが虚子という人ではないかと思った。その後子規の所で出会ってその直感の的中していたことを知ったのである。中折帽に着流しでゴム靴をはいて、そしてひどく考え込んだような風でゆっくり歩いて来る姿をはっきり覚えているように思うのであるが、しかし、これはよくある覚えちがいであるかもしれない。それから前垂《まえだれ》のようなものを着けていたような気もするがこれはいっそう覚束《おぼつか》ない。

子規に、その写生画を見せてもらっているうちに熟柿を描いたのがあった。それに、虚子曰《いわ》く馬の肛門のようだ、という意味の言葉がかいてあった。私が笑ったら、子規は、いや本当にそう思ったのだから面白いのだと云って虚子のリマークを弁護したのであった。

子規の葬式の日、田端《たばた》の寺の門前に立って会葬者を見送っていた人々の中に、ひどく憔悴《しょうすい》したような虚子の顔を見出したことも、思い出すことの一つである。

千駄木町の夏目先生の御宅の文章会で度々一処《いっしょ》になった。文章の読み役は多く虚子が勤めた。少し松山訛の交じった特色のある読み方で、それが当時の『ホトトギス』の気分と密接な関係のあったもののように感ぜられる。

私が生れて初めて原稿料というものを貰って自分で自分に驚いたのは「団栗」とい

う小品に対して高浜さんから送られた小為替《こがわせ》であった。当時私は大学の講師をして月給三十五円とおやじからの仕送りで家庭をもっていたのである。かくして幼稚なるアマチュアはパトロンを得たのである。その後自分の書いたものについて、夏目先生から「今度のは虚子がほめていたよ」というような事を云われて、ひどく得意になったりしたこともあった。書かなくてもよいことを書いては恥を曝す癖のついたのはその頃からの病み付きなのである。

夏目先生、虚子、鼠骨《そこつ》、それから多分四方太《しほうだ》も一処で神田連雀《れんじゃくちょう》町の鶏肉屋でめしを食ったことがあった。どうした機会であったか忘れてしまった。その時鼠骨氏が色々面白い話をした中に、ある新聞記者が失敗の挙句《あげく》吾妻橋《あずまばし》から投身しようと思って、欄干から飛んだら、後向きに飛んで橋の上に落ちたという挿話があった。これが『猫』の寒月君の話を導き出したものらしい。高浜さんは覚えておられるかどうか一度聞いてみたいと思っている。

虚子が小説を書き出した頃は、自分はもう一般に小説というものを読まなくなっていたので、随《したが》ってその作品も遺憾ながらほとんど読んでいない。ただ、何であったか、坊主の耳の動くことを書いてあったのを面白いと思ったことがあるくらいである。

千駄木の文章会時代のものはよく読んだ。他の連中の書くものに比べて、虚子のものには、それが表面上は単なる写生的のものでも、その裏面に何かしら夢幻的の雰囲気が漂っているような気がした。四方太氏の刻明な写生文などに比べて特にそんな気がするのであった。

近頃の『ホトトギス』で虚子の満洲旅行記を時々読んでみる。やはり昔の虚子が居るような気がする。筆が洗練され、枯淡になっていても、やはりどこか昔の虚子の「三つのもの」や「石棺」時代の名残のようなものが紙面の底から浮上がって来るように私には感ぜられるのである。しかしそういう点を高浜虚子氏に対して感ずる人は割合に少ないかもしれない。丸ビル時代の『ホトトギス』しか知らない人にはちょっとそれが分りにくいのではないかと思う。

もう少しゆっくり考えてかく暇があったらもう少し面白い昔話が思い出せるかもしれないが、原稿〆切という日曜日の朝のしかも出かけ前に書くのであるから遺憾ながらこれだけである。高浜さんには礼を失した点も多かろうと思うが昔に免じて御宥恕《ごゆうじょ》を願いたい。

（改造社『現代日本文学全集』月報40号　昭和五年四月）

# 『漱石襍記』について

この書の著者小宮豊隆が昔大学へ這入《はい》りたての学生として初めて千駄木の夏目漱石を訪問したときあまり畏《かしこ》まって坐っていたのでしびれを切らして困った揚句にとうとう思い切って、「あぐらをかいちまった」という逸話の顚末《てんまつ》がこの「襍記《ざっき》」の中の一篇の題材として取扱われている。多くの読者にはこれが単なる笑話のように受取られるかも知れないが、著者を知り漱石を知りまた両者の交渉を熟知する者にとっては、この一篇の思出話の中に後日豊隆がこの本の中に収められたような色々なものを書かなければならない、書かなければいられないようになった運命の最初の糸口をはっきり認めることが出来るような気がして、深い興味と感慨を刺戟されない訳にはゆかないであろうと思われる。漱石は後日この「初対面のあぐら」について非難の言葉を洩らしたと書いてあるが、筆者の見る所では、漱石の咎めたのはおそらく抽象的な一般の場合のそれであったので、この特例において豊隆にあぐらをかかせた原動力の持主は、実は無意識の漱石自身であったろうと思われる。この同じ漱石は単に豊隆のみならず、その他の多くの弟子達にみんな色々な意味での「あぐら」をかかせ「赤ん坊のように得手勝手」をいわせ、毎日のように「今日も先生のうちにいる」と日記をつけさせたのである。

そういう風に先生に親しみなついた人々の中でも特に「分析的批評家」として生い立って来たこの書の著者がこの「先生」の芸術について詳細な分析的な研究に基づく評釈註解をするということは、云わばこの「あぐら」を徹底させる事としてほとんど必然な運命の指示する所であり、またおそらく万人の期待する所であったに相違ない。今日その研究の一端がこの書に纏められて上梓《じようし》されたことに対して愉悦を感ずるものは決して少数ではあるまいと思われる。

豊隆の「『木屑録《ぼくせつろく》』解説」や「『猫』が出現するまで」や「『吾輩は猫である』について」などを順々に読んで行くとあたかも漱石という作者の生成に関する「発生学的」解説を読んでいるような気がする。例えば動物の発生学の書物で最初の胚《エンブリオ》から如何なる径路を経て成熟した形態にまで導かれるかを教えられるように、実に整然とした有機的発展の機構が掌《たなごころ》を指すように明示されていて愉快である。注意深い読者はまた、これらの発展に必要であった色々のホルモンが果して如何なるものであったかということについても重要なヒントを到る処に読み取ることが出来るであろう。『猫』の諸譃が世の光を見ていた頃にその蔭に既に『道草』の悲痛がその芽を延ばしつつあったという事実の解説も甚だ面白い。また『猫』や『草枕』をその発生学的の意義を考えることなしに批評し、単にそれだけによってあるいはそれだけを切り離してそれで漱石の芸術を評価することが如何に不合理であり認識不足であるかというようなことなども、これらの豊隆の所説によって極めて明晰に指摘されている。

こういう発生学的研究方法を精選しながら著者は進んで『行人』から『心』それから『明暗』への有機的な段階を上って行き、最後に未完成のままに中断され失われたその上部の架構設計に関する極めて的確な推論を試みている。これらの研究は一方においては作品の研究であると同時にまた一方では作者の人そのものの解剖であり、悩みの人漱石がその最後のモットー「則天去私」に達するまでの血のにじむような難行苦行の記録である。読者はこれらの解説によって始めて漱石の作品を正当に認識すると同時に、この著者のこの旧師に対する熱愛を通じて漱石の人に親しむ機会を得るであろうと思われる。

ついでながら豊隆の「批評《クリティーク》」が世の多くのジャーナリスト批評家と撰を異にする点は、それがいつも科学的とでもいいたいように分析的実証的なことである。彼が何かをいいという場合には、その所説の当否は別としてもとにかく必ず、どこが、如何なる理由で、どういいか、という事をはっきりいうのであり、いけないという場合でも同様である。近年流行《はや》る新聞雑誌の短評などのように、その時の気分次第で漠然と頭ごなしにけなしたり賞めたりするのとはこの点でたしかにちがうようである。その証拠を読者は著者の他の著書と同じくこの書からも随所に拾い出すことが出来るであろうと思う。

豊隆の漱石研究はこの書の中でようやく始まったばかりであると思われる。この際筆者は豊隆が徹底的にその昔の「あぐら」を延長し拡張して、事情の許す限りその研究を持続し追究することを切望するものである。

（『帝国大学新聞』昭和十年六月十日）

# Ⅲ 先生と俳諧

# 夏目先生の俳句と漢詩

夏目先生が未だ創作家としての先生自身を自覚しない前に、その先生の中の創作家は何処《どこ》かの隙間を求めてその創作に対する情熱の発露を求めていたもののように思われる。その発露の恰好《かっこう》な一つの創作形式として選ばれたのが漢詩と俳句であった。云わば遠からず爆発しようとする火山の活動のエネルギーがわずかに小噴気口の噴煙や微弱な局部地震となって現われていたようなものであった。それにしてもそのために俳句や漢詩の形式が選ばれたという事は勿論偶然ではなかったに相違ない。先生の自然観人世観が始めから多分に俳句漢詩のそれと共通なものを含んでいた事は明らかであるが、しかしまた先生が俳句漢詩をやった事が先生の自然観人世観にかなりの反作用を及ぼしたであろうという事も当然な事であろう。ともかくも先生の晩年の作品を見る場合にこの初期の俳句や詩を背景に置いて見なければ本当の事は分らないではないかと思う事がいろいろある。少なくも晩年の作品の中に現われている色々のものの胚子《はいし》がこの短い詩形の中に多分に含まれている事だけは確実である。

俳句とは如何なるものかという問に対して先生の云った言葉のうちに、俳句はレトリックのエッセンスであるという意味の事を云われた事がある。そういう意味での俳句で鍛え上げた先生の文章が元来力強く美しい上に更に力強く美しくなったのも当然であろう。また逆にあのような文章を作った人の俳句や詩が立派であるのは当然だとも云われよう。実際先生のような句を作り得る人でなければ先生のような作品は出来そうもないし、あれだけの作品を作り得る人でなければあのような句は作れそうもない。後に『草枕』のモニューメントを築き上げた巨匠の鑿《のみ》のすさびに彫《きざ》んだ小品をこの集に見る事が出来る。

先生の俳句を年代順に見て行くと、先生の心持といったようなものの推移して行った迹《あと》が最もよく追跡されるような気がする。人に読ませるための創作意識の最も稀薄な俳句において比較的自然な心持が反映しているのであろう。例えば修善寺における大患以前の句と以後の句との間に存する大きな距離が特別に目立つ、それだけでも覗ってみる事は先生の読者にとってかなり重要な事であろうかと思われる。

色々の理由から私は先生の愛読者が必ず少なくもこの俳句集を十分に味わってみる事を望むものである。先生の俳句を味わう事なしに先生の作物の包有する世界の諸相を眺める事は不可能なように思われる。また先生の作品を分析的に研究しようと企てる人があらばその人はやはり充分綿密に先生の俳句を研究してかかる事が必要であろうと思う。

（岩波書店『漱石全集』第十三巻、月報第三号　昭和三年五月）

# 天文と俳句

俳句季題の分類は普通に時候、天文、地理、人事、動物、植物という風になっている。これらのうちで後の三つは別として、初めの三つの項目中における各季題の分け方は現代の科学知識から見ると、決して合理的であるとは思われない。

今日の天文学《アストロノミー》は天体、すなわち、星の学問であって気象学《メテオロロジー》とは全然その分野を異にしているにもかかわらず、相当な教養ある人でさえ天文台と気象台との区別の分らないことがしばしばある。これは俳諧においてのみならず昔からシナ日本でいわゆる天文と称したものが、昔のギリシアで「メテオロス」と云ったものと同様「天と地との間におけるあらゆる現象」という意味に相応していたから、その因習がどうしても抜け切らないせいであろう。それでこういう混雑の起るようになった事の起りの責任は、あるいはむしろ天文という文字を星学の方へ持っていった人にあるかも知れない。

それはとにかく、俳句季題の中で今日の意味での天文に関するものは月とか星月夜とか銀河とかいう種類のものが極めて少数にあるだけで、他の大部分はほとんど皆今日のいわゆる気象学的現象に関するものばかりである。

そうかと思うとまた季題で「時候」の部にはいっている立春とか夏至とかいうのは解釈のしようによっては星学上の季節であり、また考え方によっては気象学上の意味をも含んでいる。また一方で余寒とか肌寒とか、涼しとか暑しとかいうのは当然気象学上の事柄である。

また一方では通例「地理」の部にはいっているもののうちでも雪解《ゆきどけ》とか、水温《ぬる》むとか、凍《い》てるとか、水涸《か》るとかいうのは当然気象であり、汐《しお》干《ひ》や初汐《はつしお》などは考え方によってはむしろ天文だとも云わば云われなくはない。

しかしこういう季題分類法に関する問題は、この講座では自分の受持以外の事であるから、ここで詳論するつもりはない。ただこの一篇の主題としての「天文」を、従来の分類による天文だけに限らず、時候および地理の一部分も引くるめた、メテオロスの意味に解釈することにしたいと思うのである。

季節の感じは俳句の生命であり第一要素である。これを除去したものはもはや俳句ではなくて、それは川柳であるか一種のエピグラムに過ぎない。俳句の内容としての具体的な世界像の構成に要する「時」の要素を決定するものが、この季題に含まれた時期の指定である。時に無関係な「不易」な真の宣明のみでは決して俳諧になり得ないのである。「流行」する時の流れの中の一つの点を確実に把握して指示しなければ具象的な映像は現われ得ないのである。

時に対立する空間的要素が、少なくも表面上、何処にも指定されていないような俳句は可能である。例えば「時鳥《ほととぎす》ほととぎすとて明けにけり」というようなものでもやはり発句であり得るのである。勿論これとても句の裏面には残灯の下に枕を欹《そばだ》てている作者の居室の光景の潜在像は現存していて、それがなければこれらの句は全然無意味な囈語《たわごと》に過ぎないのであろう。

しかし、このように、ともかくも表面上では場所の空間の表象を省略することが許されるにかかわらず、時の要素の明瞭な表明が絶対必要とされるのは何故か。これには深い理由があり、この事がまたあらゆる文学中で俳句というものに独自な地位を決定する根本義とも聯関していると思われる。これについてここで詳しく述べている余裕はないが、無常な時の流れに浮ぶ現実の世界の中から切り取った生きた一つの断面像を、その生きた姿において活々と描写しようという本来の目的から、自然にまた必然に起って来る要求の一つがこの「時の決定」であることは、おそらく容易に了解されるであろうと思われる。花鳥風月を俳句で詠ずるのは植物、動物、気象、天文の科学的事実を述べるのではなくて、具体的な人間の生きた生活の一断面の表象としてこれらのものが現われるときに始めて詩になり俳句になるであろう。

時の流れを客観的に感ずるのは何等かの環境の流動変化にたよる外はない。年々の推移を「感ずる」のは春夏秋冬の循環的再帰によるのである。南洋の孤島のうちに、もしも、年中同じような気候ばかり持続している処があるとすれば、その島の人には季節というのはただの言葉に過ぎないであろう。そういう、春風もなければ秋風もない国では、季節の感じはありようはなく、従って俳句も生れ得ないであろう。それは、気候の循環によって示される尺度によって、吾々人間生活の中に起りつつある変転の進路に一里塚の道標を打込むということが出来ないので、従って四月の風も九月の風も、名前がちがうだけの恒信風であって、嬉しさや淋しさの聯想を伴う春風秋風では決してあり得ないのである。

実際、季節風（Monsoon）というもののない西洋には、「春風」もなければ「秋風」

もない。少なくも日本の俳人の感ずる春風秋風は存在しない。それだから、西洋だけしか知らない西洋人に春風秋風の句の味が正当に分かるはずはないと私には思われる。

大陸と大洋との境に細長い瓔珞《ようらく》のように連なる島環国日本は一つにはまたその複雑多様な地質地形のおかげで短距離の間に様々な風俗人情の変化を示すと同時に、またさまざまな気候風土の推移を見せている。これがために色々な天文の季題の背後には数限りもない風土民俗の聯想のモザイクのような世界が包蔵されているのである。

雨の降り方だけ考えてみても、日本では実にいろいろな降り方がある。いわゆる五月雨《さみだれ》のようなものは日本の中でも北海道にはもうないくらいの特産物である。時雨《しぐれ》でも我邦のと同じようなものが西洋にあるかどうか疑わしい。夕立に似た雨はあっても、「日本の夏」を知らない西洋の驟雨《しゅうう》は決して「夕立」の句を生み出し得ないであろうと思われる。

このような自然界の多種多様な現象の分化は、自ずからこれらの微細な差別のニュアンスに対する日本人の感覚を鋭敏にしたであろうと想像される。芭蕉が「乾坤《けんこん》の変は風雅のたね也」と云ったというのにも、いくらかこの意味がありはしないかと思われる。実際満洲とかシベリアとかロシアとか、ああいったような単調な風土気候をもった国の住民の中から当然ニヒリズムや、マルキシズムは生れても俳句が生れようとはどうにも想像されにくいことである。

人事、動物、植物の季題でもそれがいわゆる季題である限り、やはりその背後に隠れた天文の背景をもっていることは勿論である。それ故に飯を食うことや散歩することは季題にならず、鴉や松は季題にならないのである。

俳句にとってそれほどに大事な季節を直接に指定する天文の季題の句にどんなものがあるかを点検してみる。実際に統計してみた訳ではないが、ともかくも、私のここでいわゆる天文に関する句の多数なことは明白な事実である。尤も、そういう季題でも、一般の人々に実感の少ない特殊なもの、例えば虎が雨とか黄雀風とかいったものは稀であるが、誰にでも濃厚な実感のある春雨とか秋風とかには古今を通じて非常に多数な句がある。これは前述の理由から当然のことである。すなわち季節の感じの最も直接な端的なものであり、あらゆる季節的聯想の背景となりセットとなるものだからである。

しかし注意すべきことは、そういう句のうちで、他の景物を配することなしに単にこれらの天文の季題そのものを諷詠《ふうえい》し叙述したものは、比較的に少数で佳句はなおさら少ないということである。「いなづまやきのふは東けふは西」（其角）とか「春の雨霽《は》れんとしては烟《けぶ》るかな」（漱石）といったようなのは極めて稀である。それほどでなくても季題自身を主題としてこれに他の景物を配し、その配合の効果を借りてこれを描写したものでさえも割合に少数である。「白雨《ゆうだち》にしばらく土の匂ひ哉」（徳圃）とか「五月雨の折々くわつと野山かな」（鳴雪）という種類のものである。しかしこれに反して、天文の季題が他の景物の背景として取合せの材料として使われているものは非常に多数である。例えば春風といったような季題だと、実際大概のものを持って来て配合すればどうやら俳句のようなものが出来やすい。しかし、それだけに本当に「動かない」春風の句を作るのは容易でないのであって、例えばいい加減な句集の中で春風を秋風で置き換えても大した差しつかえのないようなものを物色すれば一頁に二、三句はすぐに見附かるくらいである。しかし「秋風や白木の弓に弦《つる》はらん」（去来）、「日の入や秋風遠く鳴つて来る」（漱石）や、「あか〳〵と日はつれなくも秋の風」といったようなのでは、どうにも春風の代え玉では間に合わなくなるのである。

このように、季題そのものを描写した句が少なくて他の景物を配合したものの多いということは必ずしも天文の季題に限らないことであって、例えば任意の句集を繙《ひもと》いて桜とか雁とかの題下に並んだ沢山の句を点検してもすぐに分かることである。この事実はしかし俳句というものの根本義から考えてむしろ当然なことと云わなければならない。

芭蕉が説いたと云わるる不易流行の原理は実はあらゆる芸術に通ずるものであろうと思われる。これについては他日別項で詳説するつもりであるからここでは略するが、要するに俳句は抽象された不易の真の言明だけではなくて具体的な流行の姿の一映像でなければならない。それがためには一見偶然的な他物との配合を要する、しかもその配合物は偶然なようであっても、その配合によってそこに或る必然な決定的の真の相貌《そうぼう》を描出しなければならないのである。芭蕉が「発句は物をとり合すれば出来る物也。夫《それ》をよく取合するを上手といひ、あしきを下手といふなり」と云ったという。これは俳句がいわゆるモンタージュの芸術であることを明示する。しかし何でも取合わせればいいのではない。単にいいかげんに「物二つ三つとりあつめて作るものにあらず、こがねを打のべたるやうにありたし」である。

こういう標準に照らしてみるときに、沢山な句集の中で佳句と称すべきものの少ない事は怪しむに足りないわけであろう。

俳句の一般的な理論的考察は他日に譲るとして、ここでは与えられた「天文と俳句」の題目の下に若干の作例を取上げて、前述のごとき自己流の見地から少しばかり評釈を試みたいと思う。例句は何等の系統も順序もなくただ手近な句集を開いて眼に触るるままに取上げたのに過ぎないのである。

あか〳〵と日はつれなくも秋の風　　芭蕉

という句がある。秋もやや更《ふ》けて北西の季節風が次第に卓越して来ると本州中部は常に高気圧に蔽われて空気は次第に乾燥して来る。すると気層はその透明度を増して、特に雨のあとなど一層そうである。それで乾燥した大気を透して来る紫外線に富んだ日光の、乾燥した皮膚に対する感触には一種名状し難いものがある。そうしてそれに習々たる秋風の感触の加わった場合にこれらのあらゆる実感の複合系《コンプレキス》をただ十七字で云い尽くせと云われたとして巧みにこれを仕遂げ得る人は稀であろう。それをすらすらと云いおおせたのがこの句であると思う。それだから、すべての佳い句がそうであるように、この句もまた一方では科学的な真実を正確に捕えている上に、更に散文的な言葉で現わし難い感覚的な心理を如実に描写しているのである。この句の「あか〳〵」は決して「赤々」ではなくて、から〳〵と明るく乾き切り澄み切って「つれない」のである。しかも「つれない」のは日光だけでもなくまた秋風だけでもなく、ここに描出された世界全体がつれないのである。こういう複雑なものをただ十七字に「頭よりずら〳〵と云ひ下し来」て正に「こがねを打のべたやう」である。ところが正岡子規は『句解大成』という書にこの句に対して引用された「須磨は暮れ明石の方はあか〳〵と日はつれなくも秋風ぞ吹く」という古歌があるからと云って、芭蕉の句を剽《ひょう》窃《せつ》であるに過ぎずと評し、一文の価値もなしと云い、また仮に剽窃でなく創意であってもなお平々凡々であり、「つれなくも」の一語は無用でこの句のたるみであると云い、むしろ「あか〳〵と日の入る山の秋の風」とする方があるいは可ならんかと云っている。しかし自分の考えは大分ちがうようである。この通りの古歌が本当にあったとして、これを芭蕉の句と並べて見ると、「須磨」や「明石」や「吹く」の字が無駄な蛇足であるのみか、これらがあるために却って芭蕉の句から感じるような「さび」も「しおり」もことごとく抜けてしまって残るものは平凡な概念的の趣向だけである。この一例は、俳句というものが映画でいわゆるカッティングと同様な芸術的才能を要するということの適例であろう。平凡なニュース映画の中の幾フィートかを適当に切取ることによって、それは立派な芸術映画の一つのショットになり得る。一枝の野梅でもこれを切取って活ける活け方によって、それが見事な活け花になるのと一般である。

同じく秋風の句で去来の「秋風や白木の弓に弦はらん」も有名でありまた優れた句である。夏中は仕舞ったままで忘れられていた白木の弓を秋風来とともに取出して弦を張ろうという、表面に現われたものだけでも颯爽とした快味があるが、句の裏面に隠れた真実にはさまざまのものを拾い出すことが出来よう。秋風が立ってから、眼に見えて吾人の身の廻りのものが乾燥して来るという気象学的現象の実感、同時に気温湿度の急変から起る生理的、ひいてはまた精神的な変化の表現が、活々とした句の裏面から映し出されている。因襲的な秋風の淋しさに囚われずに、この句を作った去来が如何に頭のいい、独創的な自然の観察者であったかを証明するものであろう。

五月雨を集めて早し最上川　　芭蕉

五月雨や色紙へぎたる壁の跡　　同

前者は梅雨の雨量と、河水の運動量《モーメンタム》を、数字を用いずして数字以上に表現しており、後者は湿度計を用いずして煤けた草庵の室内の湿気を感ぜしめ、黴《かび》臭い匂いを暗示する。前者には広大な希望があり、後者は静寂なあきらめがある。映画ならば前者はロングショット、後者はクローズアップである。

同じ雨の湿めっぽさでも、

春雨や蜂の巣つたふ屋根の漏《もり》　芭蕉

には萌え出る生命の暗示を含むと同時に何処となく春の淋しさがにじんでいる。細みがあって、しかも弱からず、しおりがあってしかも感傷に陥らないのである。いくらでも作れそうでなかなか作れない句であろう。

市中《いちなか》は物のにほひや夏の月　凡兆

夏の晴れた宵の無風状態を「物の匂ひ」で描いたものである。月は銅《あかがね》色をしていて、町から町へ架け渡した橋の下には堀河の淀みがあるであろう。

あれ〳〵て末は海行《ゆく》野分哉　猿《えん》雖《すい》

七百三十ミリメーターの颱風中心は本邦を斜断して太平洋へ抜けた。浜辺に打上げられた藻屑の匂いを感じ、ひやひやと肌に迫る汐霧を感じるであろう。

だまされし星の光や小夜時雨　羽紅

見方によっては厭味ないわゆる月並にもなり得るであろうが、時雨という現象の特徴をよく把握したもので、気象学教科書に引用し得るものであろう。古人の句には往々こういう科学的の真実を含んだ句があって、理科教育を受けた今の人のに、そのわりに少ないように思われるのも不思議である。昔の人は文部省流の理科を教わらないで、自分の眼で自然を見たのである。

灰色の雲垂れかゝる枯野哉　漱石

これも極めて平易なようで、しかも雪空の如実な描写であり、一幅の淡彩画である。描写の秘密は中七字にある。

いわゆる落下縞《ファルストライフェン》を写生したものである。

発句でない連句中の附句の中には、天文の季題そのものを描写した句で佳句が甚だ多いようである。これには理由のあることである。畢竟《ひっきょう》、附句は隣の句との取合せによって一つの全体をなすものであるから、句自身の中での色々な取合せをさけるからであろう。しかしここではそれについて述べるべき余白がない。

要するにここでいわゆる「天文」の季題は俳句の第一要素たる「時」を決定すると同時に「天と地の間」の空間を暗示することによって、あるいは広大な景色の描写となり、あるいは他の景物の背景となる。子規が、天文地理の季題が壮大な事を詠ずるに適していると云ったのも所由《いわれ》のあることである。動物や植物の季題で空間的背景を暗示することは一般には困難であろうと思われる。

限られた紙数のために、挙げたいと思う多数の作例佳句をことごとく割愛しなければならなかったのは遺憾であるが止むを得ない次第である。

（改造社『俳句講座』第七巻　昭和七年八月）

# 涼味数題

涼しさは瞬間の感覚である。持続すれば寒さに変わってしまう。そのせいでもあろうか、暑さや寒さの記憶に比べて涼しさの記憶はどうも一体に稀薄なように思われる。それはとにかく、過去の記憶の中から涼しさの標本を拾い出そうとしても、なかなか容易に想い出せない。そのわずかな標本の中で、最も古いのには次のようなものがある。

幼い時のことである。横浜であったか、神戸であったか、それすらはっきりしないが、とにかくそういう港町の宿屋に、両親に伴われてたった一晩泊ったその夜のことであったらしい。宿屋の二階の縁側にその時代にはまだ珍しい白いペンキ塗りの欄干《らんかん》があって、その下は中庭で樹木がこんもり茂っていた。その樹々の葉が夕立にでも洗われた後であったか、一面に水を含み、その雫《しずく》の一滴ごとに二階の燈火が映じていた。

あたりはしんとして静かな闇の中に、どこかで轡虫《くつわむし》が鳴きしきっていた。そういう光景がかなりはっきり記憶に残っているが、その前後の事柄は全く消えてしまっている。ことによると夢であったかもしれないと思われるほど覚束《おぼつか》ない記憶である。この、それ自身には甚だ平凡な光景を想い出すと、いつでも涼風が胸に充ちるような気がするのである。何故だか分からない。こんな平凡な景色の記憶がこんなに鮮明に残っているには、何か訳があったに相違ないが、その訳はもう詮索する手蔓《てづる》がなくなってしまっている。

中学時代に友人二、三人と小舟を漕いで浦戸湾内を遊び廻ったある日のことである。昼食時に桂浜《かつらはま》へ上がって、豆腐を二、三丁買って来て醬油をかけてむしゃむしゃ喰った。その豆腐が、たぶん井戸にでも漬けてあったのであろう。歯に浸みるほど冷たかった。炎天に舟を漕ぎ廻って咽喉《のど》が乾いていたためか、その豆腐が実に涼しさの塊りのように思われた。

熱い食物で涼しいものもある。小学時代に、夏が来ると南磧《みなみがわら》に納涼場が開かれて、河原の砂原に葦簾《よしずばり》張の氷店や売店が並び、また蓆囲《むしろがこ》いの見世物小屋がその間に高く聳《そび》えていた。昼間見ると乞食王国の首都かと思うほど汚い眺めであったが、夜目にはそれがいかにも涼しげに見えた。父は永い年月熊本に勤めていた留守で、母と祖母と自分と三人だけで暮していた頃の事である。一夏に一度か二度かは母に連れられて、この南磧の涼みに出かけた。手品か軽業か足芸のようなものを見て、帰りに葦簾張の店へはいって氷水を飲むか、あるいは熱い「ぜんざい」を食った。この熱いぜんざいが妙に涼しいものであった。店とはいっても葦簾囲いの中に縁台が四つ五つくらい河原の砂利の上に並べてあるだけで、天井は星の降る夜空である。それが雨の後などだと、店内の片隅へ河が侵入して来ていて、清冽な鏡川《かがみがわ》の水が漣波《さざなみ》を立てて流れていた。電燈もアセチリンもない時代で、カンテラがせいぜいで石油ランプの照明しかなかったが硝子《ガラス》の南京玉《なんきんだま》を列ねた水色の簾《すだれ》や紅い提燈《ちょうちん》などを掛け列ねた露店の店飾りはやはり涼しいものであった。近年東京会館の屋上庭園などで涼みながら銀座辺のネオンサインの照明を見下ろしているときに、ふいとこの幼時の南磧の納涼場の記憶が甦って来て、そうしてあの熱い田舎ぜんざいの水っぽい甘さを思い出すと同時に亡き母のまだ若かった昔の日を思い浮べることもある。この磧の涼味にはやはり母の慈愛が加味されていたようである。

高知も夕凪《ゆうなぎ》の顕著なところで正常な天気の日には夜中にならなければ陸軟風《りくなんぷう》が吹き

出さない。それに比べると東京の夏は涼風に恵まれている。ずっと昔のことであるが、日本各地の風の日変化の模様を統計的に調べてみたことがある。この結果によると、太平洋岸や瀬戸内海沿岸の多くの場所では、いわゆる陸軟風と季節的な主風とが相殺《そうさい》するために、夕凪の時間が延長されるのであるが、東京では、特殊な地形的関係のおかげでこの相殺作用が成立しない。そのために、正常な天候でさえあれば、夕方の涼風を存分に発達させているということが分かったのであった。それはとにかく、こういう意味で、夕風の涼しさは東京名物の一つであろう。夕食後風呂を浴びて無帽の浴衣がけで神田上野あたりの大通りを吹抜ける涼風に吹かれることを考えると、暑い汽車に乗って暑い夕凪をわざわざ追いかけて海岸などへ出かける気になりかねるのである。

もっとも、東京でも蒸暑い夜の続く年もある。二十余年の昔、小石川の仮住居の狭い庭へ盥《たらい》を二つ出してその間に張り板の橋をかけ、その上に横臥して風の出るのを待った夜もあった。あまり暑いので耳朶《みみたぶ》へ水をつけたり、濡手拭で臑《すね》や、ふくらはぎや、蹠《あしうら》を冷却したりする安直な納涼法の研究をしたこともあった。しかし近年は裏の藤棚の下の井戸水を頭へじゃぶじゃぶかけるだけで納涼の目的を達するという簡便法を採用するようになった。年寄の冷水も夏は涼しい。

　われわれ日本人のいわゆる「涼しさ」はどうも日本の特産物ではないかという気がする。支那のような大陸にも「涼」の字はあるが日本の「すずしさ」と同じものかどうか疑わしい。ほんのわずかな経験ではあるが、シンガポールやコロンボでは涼しさらしいものには一度も出遇わなかった。ダージリンは知らないがヒマラヤはただ寒いだけであろう。暑さのないところには涼しさはないから、ドイツやイギリスなどでも涼しさにはついぞお目にかからなかった。ナイアガラ見物の際に雨合羽《あまがっぱ》を着せられて滝壺に下りたときは、暑い日であったがふるえ上がるほど「つめたかった」だけで涼しいとはいわれなかった。

　少なくも日本の俳句や歌に現われた「涼しさ」はやはり日本の特産物で、そうして日本人だけの感じ得る特殊な微妙な感覚ではないかという気がする。単に気がするだけではなくて、そう思わせるだけの根拠がいくらかないでもない。それは、日本という国土が気候学的、地理学的によほど特殊な位地にあるからである。日本の本土はだいたいにおいて温帯に位していて、そうして細長い島国の両側に大海とその海流を控え、陸上には脊梁山脈が聳《そび》えている。そうして欧米には無い特別のモンスーンの影響を受けている。これだけの条件をそのままに全部具備した国土は日本の外にはどこにもないはずである。それで、もしもいわゆる純日本的のすずしさが、この条件の寄り集まって生ずる産物であるということが証明されれば、問題は決定される訳であるが、遺憾ながらまだ誰もそこまで研究をした人はないようである。しかし「涼しさは暑さとつめたさとが適当なる時間的空間的週期をもって交代する時に生ずる感覚である」という自己流の定義が正しいと仮定すると、日本における上述の気候学的地理学的条件は、まさにかくのごとき周期的変化の生成に最も相応《ふさわ》しいものだといってもたいした不合理な空想ではあるまいかと思うのである。

同じことは色々な他の気候的感覚についてもいわれそうである。俳句の季題の「朧《おぼろ》」「花の雨」「薫風《くんぷう》」「初嵐」「秋雨」「村時雨《しぐれ》」などを外国語に翻訳出来るには出来ても、これらのものの純日本的感覚は到底翻訳出来るはずのものではない。数千年来このような純日本的気候感覚の骨身に浸み込んだ日本人が、これらのものをふり棄てようとしてもなかなか容易にはふりすてられないのである。昔から時々入り込んで来た支那やインドの文化でも宗教でも、いつの間にか俳諧の季題になってしまう。涼しさを知らない大陸の色々な思想が、一時は流行っても、一世紀たたないうちに同化されて同じ夕顔棚の下涼みをするようになりはしないかという気がする。いかに交通が便利になって、東京ロンドン間を一昼夜に往復できるようになっても、日本の国土を気候的地理的に改造することは当分六《むつ》かしいからである。ジャズや弁証法的唯物論の流行る都会でも、朝顔の鉢はオフィスの窓に、プロレタリアの縁側に涼風を呼んでいるのである。

この日本的の涼しさを、最も端的に表現する文学はやはり俳句にしくものはない。詩形そのものからが涼しいのである。試みに座右の漱石句集から若干句を抜いてみる。

顔にふるゝ芭蕉涼しや籐《とう》の寝椅子《ねいす》
涼しさや蚊帳《かや》の中より和歌の浦
水盤に雲呼ぶ石の影涼し
夕立や蟹《かに》這上る簀子縁《すのこえん》
したゝりは歯朶《しだ》に飛散る清水哉《かな》
満潮や涼んで居れば月が出る

日本固有の涼しさを十七字に結晶させたものである。

「涼しい顔」というものがある。例えば収賄の嫌疑で予審中でありながら〇〇議員の候補に立つ人や、それをまた最も優良なる候補者として推薦する町内の有志などの顔がそれである。しかしまた俗流の毀誉《きよ》を超越して所信を断行している高士の顔も涼しかりそうである。しかしこの二つの顔の区別はなかなか分かりにくいようである。また、少し感の悪いうっかり者が、とんでもない失策を演じながら当人はそれと気が付かずに太平楽な顔をしているのも、やはり涼しい顔の一種に数えられるようである。これなどは愛嬌のある方である。自分なども時々大事な会議の日を忘れて遊びに出たり、受持の講義の時間を忘れてすきな仕事に没頭していたり、大事な知人の婚礼の宴会を忘れていて電話で呼出されたりして、大いに恥入ることがあるが、仕方がないからなるべく平気なような顔をしている。これも人から見れば涼しい顔に見えるであろう。

友人の話であるが、百貨店の食堂へ這入《はい》って食卓を見廻し、誰かの食い残した皿が見付かると、そこへゆうゆうと坐り込んで、残肴《ざんこう》を綺麗に喰ってしまって、そうして、ニコニコしながら帰って行くという人もあるそうである。これもだいぶ涼しい方の部類であろう。

義理人情の着物を脱ぎ棄て、毀誉褒貶《きよほうへん》の圏外へ飛出せばこの世は涼しいにちがいない。この点では禅僧と収賄議員との間にもいくらか相通ずるものがあるかもしれない。色々なイズムも夏は暑苦しい。少なくも夏だけは「自由」の涼しさが欲しいものである。「風流」は心の風通しのよい自由さを意味する言葉で、また心の涼しさを現わす言葉である。南画などの涼味もまたこの自由から生れるであろう。

風鈴の音の涼しさも、一つには風鈴が風に従って鳴る自由さから来る。あれが器械仕掛けでメトロノームのようにきちょうめんに鳴るのではちっとも涼しくはないであろう。また、がむしゃらに打ちふるのでは号外屋の鈴か、ヒトラーの独裁政治のようなものになる。自由は我儘《わがまま》や自我の押売とはちがう。自然と人間の方則に服従しつつ自然と人間を支配してこそ本当の自由が得られるであろう。

暑さがなければ涼しさはない。窮屈な羈絆《きはん》の暑さのないところには自由の涼しさもあるはずはない。一日汗水垂らして働いた後にのみ浴後の涼味の真諦《しんたい》が味わわれ、義理人情で苦しんだ人にのみ自由の涼風が訪れるのである。

涼味の話がつい暑苦しくなった。

今日、偶然今年流行の染織品の展覧会というのをのぞいた。近代の夏の衣裳の染織には、どうも一般に涼しさが欠乏しているのではないかと思う。しかし大通りでないその裏通りの呉服屋などの店先には、時たま純日本的に涼しい品を見かけることがある。江戸時代から明治時代にかけての涼味が、まだ東京の片隅のどこかに少しは残っているものと見える。

（『週刊朝日』昭和八年八月）

# 思出草

## 一

　芭蕉の「旅に病んで夢は枯野をかけ廻る」はあまりに有名で今更評注を加える余地もないであろうが、やはりいくら味わっても味わい尽せない句であると思う。これは芭蕉の一生涯の総決算でありレジュメであると同時にまたすべての人間の一生涯の黄昏《たそがれ》における感慨でなければならない。それはとにかく、自分の子供の時分のことである。義兄に当る春田居士《しゅんでんこじ》が夕涼みの縁台で晩酌に親しみながら大勢の子供等を相手に色々の笑談をして聞かせるのを楽しみとしていた。その笑談の一つの材料として芭蕉のこの辞世の句が選ばれたことを想い出す。それが「旅に病んで」ではなくて

「旅で死んで」というエディションになっていた。それを、首を左右にふりながら少し舌の滑動の怪しくなった口調で繰返し繰返し咏嘆する。その様子が可笑《おか》しいので子供はみんな笑いこけたものである。しかし今になって考えてみると、かなり数奇の生涯を体験した政客であり同時に南画家であり漢詩人であった義兄春田居士がこの芭蕉の句を酔に乗じて咏嘆していたのはあながちに子供等を笑わせるだけの目的ではなかったであろうという気もするのである。そうしてそれを聞いて笑いこけていた当時子供の自分の頭にもこの句のこの変ったエディションが何かしら深い印象を刻んだということも今になって始めて自覚されるようである。

二

「落ちざまに虻《あぶ》を伏せたる椿哉《かな》」漱石先生の句である。今から三十余年の昔自分の高等学校学生時代に熊本から帰省の途次門司《もじ》の宿屋である友人と一晩寝ないで談《かた》り明かしたときにこの句についてだいぶ色々論じ合ったことを記憶している。どんな事を論じたかは覚えていない。ところがこの二、三年前、偶然な機会から椿の花が落ちるときにたとえそれが落ち始める時には俯向《うつむ》きに落ち始めても空中で廻転して仰向《あおむ》きになろうとするような傾向があるらしいことに気が付いて、多少これについて観察しました実験をした結果、やはり実際にそういう傾向のあることを確かめることが出来た。それで樹が高いほど俯向きに落ちた花よりも仰向きに落ちた花の数の比率が大きいという結果になるのである。しかし低い樹だと俯向きに枝を離れた花は空中で廻転する間がないのでそのままに俯向きに落ちつくのが通例である。この空中反転作用は花冠の特有な形態による空気の抵抗のはたらき方、花の重心の位置、花の慣性能率等によって決定されることはもちろんである。それでももし虻が花の蕊《しん》の上にしがみついてそのままに落下すると、虫のために全体の重心がいくらか移動しその結果はいくらかでも上記の反転作用を減ずるようになるであろうと想像される。すなわち虻を伏せやすくなるのである。こんなことは右の句の鑑賞にはたいした関係はないことであろうが、自分はこういう瑣末な物理学的の考察をすることによってこの句の表現する自然現象の現実性が強められ、その印象が濃厚になり、従ってその詩の美しさが高まるような気がするのである。

三

漱石先生の熊本時代のことである。ある日先生の宅で当時高等学校生徒であった自分と先生と二人だけで戯れに十分十句というものを試みたことがあった。ずいぶん奇抜な句が飛び出して愉快であったが、そのときの先生の句に「躓《つまず》くや富士を向ふに蕎《そ》麦《ば》の花」というのがあったことを思い出す。いかにも十分十句のスピードの余勢を示した句で当時も笑ったが今思い出してもおかしく面白い。しかしこんな句にもどこか先生の頭の働き方の特徴を示すようなものがあるのである。たぶんやはりその時の句に、「槖駝《たくだ》呼んでつくばひ据ゑぬ梅の花」というのがあった。その「たくだ」が六《むつ》かしくて分からず、また田舎者の自分にはその「つくばひ」が何だか分からなくて聞いたのであった。また別なときに「筋違《すじかい》に葱《ねぎ》を切るなり都振《みやこぶり》」という句を君はどう思うと聞かれたときも句の意味が分からなかった。説明を聞かされて事柄は分かったがどこがいいのか了解出来なかったので、それは月並みじゃありませんかと悪口を云ったものであった。今考えてみるとやはりなかなか巧妙な句であると思う。

## 四

俳句がいわゆる「不易」なものの一断面「流行」の一つの相を表現したものである以上、人の句を鑑賞する場合における評価が作者と鑑賞者との郷土や年齢やの函数《かんすう》で与えられるのは当然であろう。これは何も俳句に限ったことでもないと思われる。「おとろへや歯に喰ひあてし海苔《のり》の砂」などと云う句でも若い頃にはさっぱり興味がなくてむしろ厭味を感じたくらいであったのが、自分でだんだん年を取って見るとやはりそのむしろ科学的な真実性に引きつけられ深く心を動かされるようである。明治の昔『ホトトギス』の若い元気な連中が鳴雪翁《めいせつおう》をつかまえてよくいじめた時代があったのを思い出すのである。

（『東炎』昭和九年一月）

# 俳諧瑣談

## 一

ドイツの若い物理学者のLというのが先達《せんだっ》て日本へ遊びに来ていた。数年前にも一度来たことがあるので大分日本通になっている。浮世絵などもぽつぽつ買込んで行ったようである。このドイツ人がある日俳句を作ったと云って友達の日本人に自慢をした。それは

鎌 倉 に 鶴 が 沢 山 居 り ま し た

というのである。なるほどちゃんと五、七、五の音数律には適合している。いわれを聞いてみると、「昔頼朝時代などには鎌倉辺に鶴が沢山に居て、それに関聯した史実

などもあったが今日ではもう鶴などは一羽も見られなくなって、世の中が変ってしまった」という感慨を十七字にしたのだそうである。それを私に伝えた日本の理学者は世にも滑稽なる一笑話として、それを伝えたのである。

なるほど可笑《おか》しいことは可笑しいが、しかし、この話は「俳句とは何か」という根本的な問題を考える場合に一つの参考資料として役立つものであろうと思われる。すなわち、これが俳句になっていないとすれば、何故にそれが俳句になっていないかという質問に対する吾々の説明が要求されるのである。この説明はそうそう簡単には出来ないであろう。

以上の笑話はまた一方で大多数の外国人が我が俳句というものをどういう風に、どの程度に理解しているかということを研究する場合に一つの資料となるものであろうと思われる。

二

近刊の雑誌『東炎』に志田素楓《しだそふう》氏が、芭蕉の古池の句の外国語訳を多数に蒐集紹介している。これは甚だ興味の深いコレクションである。そのうちで日本人の訳者五名の名前を見るといずれも英語にはすこぶる熟達した人らしく思われるが、しかし自身で俳諧の道に深い体験をもっているのかどうか不明な人達ばかりのようである。残りの十人の外国人も勿論自身に俳句らしい俳句を作ったことのない人達ばかりであるに相違ない。

俳句を十分に理解し得るためには、その人は立派な俳句の作り得られる人でなければならないと思われる。果してそうだとすれば、これらの十五種の「古池や」の翻訳のうちで、もし傑作があったら、それは単なる偶然に過ぎないであろう。

一流の俳人で同時に一流の外国語学者でない限り、俳句の翻訳には手を下さない方が安全であろう。

（『渋柿』昭和八年十一月）

三

故坂本四方太《よもた》氏とは夏目先生の千駄木町の家で時々同席したことがあり、また当時の「文章会」でも始終顔を合わせてはいたが、一度もその寓居《ぐうきょ》をたずねたことはなかった。それにもかかわらず自分は同氏の住家やその居室を少なくとも一度は見たことがあるような錯覚を年来もちつづけて来た。そうしてそれがだんだんに固定し現実化してしまって、今ではもう一つの体験の記憶とほとんど同格になってしまっている。どうしてそんなことになったかと考えてみるが、どうもよくは分らない。

夏目先生が何かの話の折に四方太氏のことについて次のようなことを云ったという記憶がある。「四方太という人は実にきちんとした人である。子供もなく夫婦二人きり全くの水入らずでほんとうに小ぢんまりとした、そうして几帳面な生活をしている」といったような意味のことであったと思う。同じようなことを一度ならず何度も聞かされたように思う。

この、きちんとして、小ぢんまりしているという言葉が自分の頭にある四方太氏の風貌と極めて自然に結び付いて、それが自分の想像のスケッチブックのある頁へ「坂本四方太寓居の図」をまざまざと描き上げさせる原動力になったものらしい。その想像の画面に現われた四方太の住家の玄関の前には一面に白い霜柱が立っている。綺麗に片付いた六畳くらいの居間の小さな火鉢の前に寒そうな顔色をして端然と正坐しているのである。

文章会で四方太氏が自分の文章を読み上げる少し鏽《さ》びのある音声にも、関西訛《なまり》のある口調にも忘れ難い特色があったが、その読み方も実にきちんとした歯切れのいい読み方であった。「ホッ、ホッ、ホッ」と押出すような特徴ある笑声を想い出すのである。

ある冬の日の本郷通で逢った四方太氏は例によってきちんとした背広に外套《がいとう》姿であったが、頸《くび》には玉子色をした天鵞絨《ビロード》らしい襟巻をしていた。その襟巻を行儀よく二つ折にした折目に他方の端を挿し込んだその端が皺《しわ》一つなくきちんと揃って結び文の端のように、おたいこ結びの帯の端のように斜めに胸の上に現われていた。こういう出で立ちをした白皙無髯《はくせきむぜん》、象牙で刻したような風貌が今でも実にはっきりと想い出されるのである。

この街頭における四方太氏の出で立ちを夏目先生に報告したら、どういう訳か先生がひどく面白がって腹が痛くなるほど笑われたことも思い出すのである。この可笑しかった訳は今でもわからない。

その頃であったと思う。自分は白いネルをちょん切っただけのものを襟巻にしていた。それが知らぬ間にひどく汚れて鼠色になっているのを先生が気にしていた。いつか行ったとき無断で没収され、そうして強制的に洗濯を執行された上で返してくれたことがあった。そのネルの襟巻と四方太氏の玉子色の上等の襟巻との対照も可笑しいものの一つではあったかも知れない。

夏目先生は四方太氏のきちんとした日常を羨《うらや》ましく思う折もあったかも知れないと思う。先生はきちんとした事が好きであったにかかわらず、きちんとし得るためには余りに暖かい心臓の持ち主であったかも知れないと思うからである。自分は四方太氏にもやさしい親しみを感ずることは出来たが、しかし余りにきちんとして近より難いような気もしたのであった。今日になって漱石四方太二人の俳句や文章を並べて見ても、この対照が実にはっきり見えるような気がするのは強《あなが》ち自分ばかりではないかも知れない。

## 四

去年の夏であったか、ある朝玄関へ誰か来たようだと思っていると、女中が出ての取次ぎによると「俳句をおやりになるAさんという方がお見えになりました」というのである。聞いたことのない名前である。出て見ると未だ若い学生のような人であるが、無帽の着流しで、何処かの書生さんといった風体である。玄関で立ったまま来意を聞くと提《さ》げていた小さな風呂敷包みを解いて中から大分汚れた帳面を出した。それに何でもいいから俳句を書いてもらいたいという。近くに田舎へ帰るので、出来るだけ多くの俳人に自筆の句を貰って土産にしたいというのである。帳面は俳句日記かなんかの古物であったかと思うが、明けてみると成程いろいろの人の手跡でいろいろの句が汚く書き散らしてある。自分は俳人でもないからと一応断ってみたが、たってと云われるので万年筆でいいかげんの旧作一句をしたためて帳面を返した。すると今度は風呂敷の中から一冊の仮綴《かりとじ》の小さな句集のようなものを取出して自分の前に置いた。手に取って見るとそれは知名の某俳人の句集であったが、その青年のいうところによると、その俳人がこの人のためにも何かのたしになるならと云って若干冊だけ恵与されたものだそうである。しかしそれをどうすればよいのか分らなかったので、甚だ露骨ではあったが「これを私に買えとおっしゃるのですか」と聞いてみたら、やはり究極のところはそうであったのである。

こういう些細なことも昭和俳諧史の何処かの頁の端に書き残しておいてもいいと思うので、単なる現象記録としてここに誌しておくことにした。

『俳諧一串抄《いっかんしょう》』に「俳諧は其物其事を全くいはずたゞ傍《かたわら》をつまみあげて其響を以てきく人の心をさそふ」という文句がある。

うちへ来たこの俳諧青年はやはりこの俳諧の心得の応用の一端を試みたのかも知れない。

この間、ある歌人が来ての話の末に「今の若い人にさびしおりなどと云っても誰も相手にしないであろう」という意味の意見を聞かされた。しかしこの青年などはさびしおりを処世術に応用している方かも知れないのである。

## 五

昨夜古いギリシアの兵法書を読んでいたら「夜打をかける心得」を説いたくだりに、狗吠《くはい》や鶏鳴《けいめい》を防止するためにこれらの動物のからだの或る部分を焼くべしということが書いてある。お灸でもすえるのかと思う。この本の脚註に、昔パルティア人が馬の嘶《いなな》くを防ぐためにその尻尾《しっぽ》をしっかりと緊縛するという方法をとった。そうすると馬は尻尾の痛苦に辟易《へきえき》して嘶く元気がなくなると書いてある。どうも西洋人のすることは野蛮で残酷である。東洋では枚《ばい》を銜《ふく》むという、もっと温和な方法を用いていたのである。同じ註に、欧洲大戦のときフランスに出征中のアメリカ軍では驢馬《ろば》の嘶くのを防ぐために「ある簡単なる外科手術を施行した」とある。やはり西洋人は残酷である。

昨夜これを読んだ今朝『南北新話』をあけて見ると、

夜の明けやすい白《しろ》無《む》垢《く》は損
惟《これ》光《みつ》が馬はしのばずいなゝいて

という附け合せが例句として引用されている。その前に「前句のすがたをうづたかく見出したる句に」という前置があり、後に「これ扇に夕かほの頃ならん」とある。「うづたかく」とは如何なる点をさすのか自分にはよくわからない。しかし、ともかくも連句というものの世界の広大無辺なことを思わせる一例であろう。少し変った云い方をすると「俳諧の道は古代ギリシアの兵法にも通う」のである。これは一笑に値する。

## 六

昔、ラスキンが人から剽窃《ひょうせつ》呼ばわりをされたのに答えて、独創ということも、結局はありったけの古いものから甘い汁を吸って自分の栄養にしてからの仕事だというような意味のことを云った。

蕪村は「諸流を尽しこれを一嚢中《いちのうちゅう》に貯へ自ら能く其物を撰び用に随つて出す」と云っているそうである。つまり同じことを云っているらしい。こんな例をあげればいくらでも出てくるであろう。あまりにわかり切ったことだからである。

しかし自分が平生不思議に思うことは、昔でも今でも俳人の世界ではいろいろの党派のようなものが出来て、そうして各流派流派の「主張」とか「精神」とかいうものを固執して他流を排斥しあるいは罵詈《ばり》するようなこともかなり多い。門外の風来人から見ると、どの流派にもみんなそれぞれの面白いところと面白くない処もあるように思われ、またいろいろの「主張」が一体本質的に何処がちがうのか分らないような場合もかなりあるように思われる。

尤もそういえば仏教でも耶蘇《やそ》教でも回々《フイフイ》教でも同じになるかも知れないし、そうなれば一体何をおがんだらよいか分らなくなって困るかも知れない。

俳諧が宗教のように「おがむ」ことならば宗派があるのは当然かも知れない。しかし俳諧はまた一方では科学的な「認識」であり得る。そのためにはただ一面だけを固執する流派は少し困るかも知れない。

露月《ろげつ》の句に「薬には狸《たぬき》なんどもよかるべく」というのがある。狸も喰ってみなければ味がわからない。喰ば何かの薬にはなるかもしれないのである。

七

高等学校の一年から二年に進級した夏休みに初めて俳句というものに喰付いて、夢中になって『新俳句』を読み耽った。天地万象がそれまでとはまるでちがった姿と意味をもって眼前に拡がるような気がした。

蒸暑い夕風の縁側で父を相手に宣教師のような厚顔《あつかま》しさをもって『新俳句』の勝手な頁をあけては朗読の押売をしたが、父の方では一向感心してくれなかった。例えば、

古井戸を覗けばわつと鳴く蚊かな　杜昌《としょう》

といったような句でも、当時の自分には、いくら説明したくても説明の出来ない幻想の泉となり、不可思議な神秘の世界を覗く窓となるのであったが、父に云わせると「ただ、云っただけではないか」というのであった。

その頃より少し前に、父は陸軍の同僚数名と連句の会をやっていたことがある。その同僚中に一人宗匠格の人があってそれが指導者になっていたらしい。その宗匠が「扇開けば薄墨の月」という附句をしたのを、さすが宗匠はうまいと云ってひどく感心していたことを想い出すのである。前句は何であったか忘れてしまった。

「赤い椿白い椿と落ちにけり」（碧梧桐《へきごとう》）でも父の説に従えばなるほど「云うただけ」である。しかしこの句が若かった当時の自分の幻想の中に天に沖《ちゅう》する赤白の炎となって焔え上がったことも事実である。

「俳句は読者を共同作者として成立する」と云ったフランス人の言葉もまるで嘘ではないようである。どうしても発句だけでは、その評価は時と場所と人との函数として零から無限大まで変化し得る可能性をもっている。

しかし連句になると、もうそれほどの自由が利かなくなるのではないかと思われる。

一重の網を逃れた魚でも三十六重の網には引懸かるのである。一枚の芸術写真に興味のない人でも映画は面白がるのである。

それだのに現代において俳句の方に大衆性があって、連句のほうは至って影が薄いのはどういう訳であろう。

俳句の享楽は人の句を読むことよりもより多く自分で作ることにあるらしい。この点スキーやダンスに似ている。そうして誰でもある度までは出来るから楽しみになる。しかし連句は読んで面白くても作るのはなかなか大変である。この点映画と同じである。そうしてしかも現在の大衆には分かりにくい象徴的な前衛映画である。

現代の俳句界はジャーナリズムの力を借りることなしには大衆を包括することが出来ないのに、今のジャーナリズムの露骨主義と連句の暗示芸術というものとは本来別世界の産物である。しかし、現状をはなれて抽象的に考えてみると連句的ジャーナリズムやジャーナリズム的連句といったようなものの可能性も全然ないとは考えられない。例えばロシア映画の或るものは前者の類型であり、アメリカ映画の或るものは後者の仲間であると云ってもそう甚だしい牽強《けんきょう》附会《ふかい》ではあるまいと思われる。

# 八

連句の映画化ということについては、自分はこれまでに幾度も色々な場所で所見を述べたことがある。これについては自分と同じような意見をもった人も少なくないようである。

これに対立してまた、映画的な連句の新形式を予想することも可能である。これが、もしうまく行ったら、この方はきっと現代の大衆に理解されやすく、模倣されやすく、従って享楽されやすいものになりそうである。

昔漱石虚子によって試みられた「俳体詩」というものは、そういうものの無意識な萌芽のようなものであったかと思われる。しかし未だ芸術映画の理論などの問題にならない時代における最初の試みであったから、今から見るとそういう見地からは幼稚なものであったかも知れない。

自分のここで映画的連句というのは一定のストーリーに基づいたシナリオ的な連句のつもりである。しかしシナリオ的な叙事詩とは大分ちがうつもりである。一方では季題や去嫌《さりきらい》や打越《うちこし》などに関する連句的制約をある程度まで導入して進行の沈滞を防ぎ楽章的な形式の斉整を保つと同時に、また映画の編輯法連結法に関する色々の効果的様式を取り入れて一編の波瀾曲折を豊富にするという案である。

なんだか夢のような話であるが、しかし百年経たないうちにそんな新詩形が東洋の日本で生れ出て、それが西洋へ輸入され、高慢な西洋人がびっくりしてそうして争って真似をはじめるということにならないとも限らない。

## 九

短歌には作者自身が自分の感情に陶酔して夢中になって詠《よ》んだように見えるのがかなり多い。しかし俳句ではたとえ形式の上からは自分の感情を直写しているようでも、そこではやはり、その自分の感情が花鳥風月と同様な一つの対象となっていて、それを別の観察者としての別の自分が観察し記録し描写しているように感ぜられるものが多い。こういう意味で、歌は宗教のようであり、俳句は哲学のようであると云ったような気もする。

それとは関係はないかも知れないが自分は近頃こんな空想を起してみたことがある。それは「歌人で気狂いになったり自殺したりする人の数と、俳人で同様なことになる人の数とを比較してみたら、ことによると前者の方が比率の上で多いということになりはしないか」というのである。これは完全な資料によって統計的に調べてみなければなんとも云われないことである。しかし、自分の知っている極めて狭い範囲の資料から見ると、どうも、そういう傾向が見えるようである。ある歌人の話では、比較的少数なその一派で気の狂った人が五、六人はあるという。ある俳人の一門では永年の間に一人二人自殺した人はあったが、それはその人達が永く俳句から遠ざかった後のことであったという。

要するにこれは全く自分の空想に過ぎないが、しかし自分の考えている歌と俳句との作者のその創作の瞬間における「自分」というものに対する態度の相違から考えると、そのような空想が万一事実として現われて来るとしても別に不思議はないような気がするのである。

こう云ったからと云って、歌を作る人が皆ああであって俳句をやる人がことごとくこうであるといったような意味では勿論ない。ただ統計的のことを云っているのである。

それからまた、もし以上の空想がいくぶん事実に近いということになったとしても、それは歌や俳句の力で人をどうするという訳ではなくて、ただ歌をやる人と俳句をやる人とで本来の素質に多少の通有的相違があるということを暗示するに過ぎないであろう。

しかし、ともかくも、例えば、三原山投身者だけについてでも、もし分かるものならその中で俳句をやっていた人が何プロセントあったか調べてみたいような気がする。俳諧の目を通して自然と人生を見ている人が、容易なことでそんな絶望的な気持ちになったり、またそんなに興奮したりしようとは、どうしても自分には思われないからである。

友人の話であるが、ある俳人で永い病の後に死が迫ったときに聖書と句集とを胸の上において死んで行った人があるそうである。「宗教だけでは、どうも淋しかったらしい」と友人が附け加えて話した。

（『俳句研究』昭和九年三月）

## こころもち　Kokoromoti

1　木枕や船の蒲団の身にそはず　　鏡月《きょうげつ》

うとうとと故里《ふるさと》の夢を見ていた。もう何時《なんじ》だろう。どこやらで千鳥が鳴く。

2　山茶花の花の田舎や納豆汁《なっとじる》　　碧梧桐《へきごとう》

禅寺の和尚さんと碁を打って帰ったら、鶏が縁側へ上がっていた。都の新聞が遅れて着く。

3　温室を出て春寒き蘇鉄《そてつ》かな　　残草《ざんそう》

若い絵描きが一人、向うの森を写生している。自動車の駆ける音がして、後はまたもとの静かさにかえる。

（『ローマ字世界』明治四十五年三月）

4　近づくを知らぬ兎や山長閑《のどか》　保泉《ほせん》

手拭に一杯摘んだ蕨《わらび》が匂う。正午の日が陰のない谷を照らして額が汗ばむ。

5　門番の何か播《ま》きけり瓦鉢《かわらばち》　酔仏《すいぶつ》

大きな眼鏡の上から人を睨む。机の上には古い漢籍が広げてある。褪《さ》めた洋服がまだ寒そうな。

6　下駄はいて薪《まき》割る人や春の雪　松濤楼《しょうとうろう》

垣の枳殻《からたち》がもう芽を出しそうである。「お隣りの貸家はこちらのお控えで？」と垣根越しに聞くと、手斧《ておの》を置いてのそのそ出て来る。

（『ローマ字世界』明治四十五年四月）

7　暗がりや裸で涼む裏畑　牛伴《ぎゅうはん》

垣根の闇に夕顔の花が白い。行水《ぎょうずい》をこぼした土の匂いが漂うている。隣りで雨戸を繰る音がする。

8　傘に飛ぶ蛍淋《さび》しや草の雨　　麦圃《ばくほ》

町外れに友を訪ねた帰り道、暗闇の坂を登ってお寺の裏の空地を通る。大きな白犬が一匹不意に道を横切って墓場の闇に消える。

（『ローマ字世界』明治四十五年七月）

9　をかしさや夢の亡骸《なきがら》かご枕　　虚子

いつの間にか寝入ってしまった。梧桐《あおぎり》の葉越しの空には白い雲が流れて行く。涼しい風が床《とこ》の孔雀《くじやく》の尾に動く。

10　山清水掬《むす》べば小鳥鳴きにけり　　泰山《たいざん》

濡れた岩に腰かけて、草鞋《わらじ》の紐をなおしていると、山蟹《やまがに》が這って来る。崖に茂った羊歯《しだ》の葉から落ちる清水が苔にしみ入る。

（『ローマ字世界』明治四十五年八月）

11　朝の露芋《いも》の葉《は》越《ごし》に語りけり　　梧月《ごげつ》

隣りの作兵衛《さくべい》さんは、いつも東京へ修業に出ている息子の噂をする。今朝も息子に柿を送ってやりたいが、どうして送ったらよかろうと相談を受けた。

12　沙魚《はぜ》釣《つり》や画にかゝれても知《しら》ぬ顔　　三允《さんいん》

土堤《どて》の後ろの草原《くさわら》に、牛が一匹繋がれたまま、これもいつまでも動きそうもない。濁ったさざ波がぴたぴたと土堤の根に寄せて、葦《あし》の葉がそよぐ。

（『ローマ字世界』大正元年十月）

13　しだり尾の錦ぞ動く金魚かな　　碧梧桐

昨夜《ゆうべ》の縁日で買って来たのを、今目覚《めさ》めたばかりの子供を抱いて見せてやる。並べて置いた鉢の朝顔にも大きな花が三《み》つ四《よ》つ咲いた。

14　夕顔に泥坊猫を叩きけり　紅緑《こうりょく》
十兵衛《じゅうべい》さんは裏の井戸端でカンテラをつけて、今日釣って来た魚の始末をしている。襦袢一つで鉢巻をして、時々脛《すね》の藪蚊を叩きながら。

15　けしは皆《みな》坊主になりぬ時鳥《ほととぎす》　竹《たけ》の門《かど》
医者のすすめに従って転地療養にこの里に来てから、もう一と月余りになったが、病《やま》いはいつ治るとも思われない。土地に馴染みは出来ても、都は恋しい。

16　水草の花の白さよ宵の雨　子規
田舎の姉の家に泊まって、池に臨んだ離れに寝た。鯉のはねる水音に目が覚めて、縁側へ出てみると、空は忘れたように晴れて、もう蟬が鳴いている。

（『ローマ字世界』大正二年八月）

17　来る秋のことわりもなく蚊帳の中　漱石
暑い、暑いと言っているうちに、小庭の隅に萩が乱れて、朝々に掃く落葉の数が目に見えて増した。今夜はなんだか涼しさが身にしみると思って、寝床に入ると、革の枕が首にひやりとして、いつの間にか夏は過ぎている。

18　病人のうまいして居《い》る夜長かな　　子規

看取《みと》りの人々も長い間の看病に疲れ果てて、うつむいたまま音もなく眠っている。しんとした夜中を守るように時計の刻みが高く低く響く。病人の息の音《おと》が、寄せては返す波音を遠く離れて聞くようで心細い。

19　野良犬がついて来るなり墓参　　寅日子《とらひこ》

狭い田圃道《たんぼみち》に蔽いかかる草の露で、袴の裾が濡れがちである。道端に咲いた野菊を折っていると、いなごが二つ三つはたはたと飛び出す。往《ゆ》き来《き》の稀な野の中では、見知らぬ犬でも懐かしい。

20　荒波や二日の月を捲いて去る　　子規

夕映えの空の果てに微かに見えた陸地の影も消えて、もの恐ろしい夜の海をどこまでもと船は進む。黒い波の上に静かな、平和な光を投げているのは、見果てぬ夢のような天の川である。

（『ローマ字世界』大正二年十月）

21　水瓶に秋の夕日や台所　蘇山人

磨き上げた羽釜《はがま》が眩しい光を照り返す。手桶に溢れる水の底にも皿の模様の錦が光る。俎《まないた》に切りかけた大根も、笊《ざる》に洗いあげた米も、ただ真っ白なのが美しい。

22　芭《ば》蕉《しょう》葉《ば》や破れて折れて垣の外　愚《ぐ》哉《せい》

ついこの間まで友の住んでいた家には、移り住む人もまだない。門に斜めな貸家札は幾度も雨に洗われて、あさましくへばりついている。掃除の届いていた門の内には枯れ枯れのコスモスが倒れたままで咲いている。

23　雲来り雲去る滝の紅葉《もみじ》かな　漱石

崖に臨んだ茶店に腰かけて、切れかかった草鞋《わらじ》を替える。熟した柿の実の甘い汁をすすれば、冷たさが腸《はらわた》にしみ入る。道連れになった商人《あきうど》は、竜《りょう》の棲むというこの淵の不思議を話し聞かせる。

24　もの、けに弦《ゆづる》を鳴らす夜《よ》寒《さむ》かな　露《ろ》葉《よう》

淋《さみ》しい雨夜《あまよ》のつれづれに古い草双紙《くさぞうし》を展《ひろ》げて見てゆくと、遠い昔が目《ま》の当たりに浮かんで来る。怪しく恐ろしい物語を読んでいると、暗い灯《ともしび》が心許ない瞬きをして、壁に映った自分の影法師も後ろめたい。

（『ローマ字世界』大正二年十一月）

25　寒ければ何をいふても空寐《そらね》かな　月《げっ》我《が》

目が覚めると谷川の音が耳について、山の宿屋で寝ていることに気がつく。連れは早や起きて顔を洗いに下りて行くようである。今日の行手を考えながらまた頭から蒲団を被る。

26　煤《すす》掃《はき》や竈《かまど》の神は茶畠に　五《ご》城《じょう》

壊れた土瓶《どびん》や七輪《しちりん》を裏の畠に捨てに行くと、隣りの主人《あるじ》が垣根から顔を出す。真っ黒くした鼻の先に水洟《みずばな》が危うい。

27　藪陰に朝日のあたる氷かな　　虚子

水田《みずた》の面《おもて》一面から薄い霧が立ちのぼる。氷に閉じられた赤や緑の浮草が目覚《めさ》めるようである。藪の奥で竹を伐《き》る音がポンポンと静かな野に響き渡る。

28　行年《ゆくとし》や膝と膝とをつき合せ　　漱石

うす暗いランプ、煤けた障子。どちらを見ても侘しいものばかりであるが、すやすや眠る子供の枕元に畳んだ晴着の花模様だけが美しく明るい。

（『ローマ字世界』大正二年十二月）

29　万歳《まんざい》は今も烏帽子《えぼし》ぞ都鳥《みやこどり》　　子規

双六《すごろく》にも飽きた子供らは、炬燵《こたつ》を取り巻いてお婆さんの話に耳を傾ける。お婆さんは、いつものように、眼鏡越しに孫らの顔を順々に見比べながら、在りし大江戸の初春《はつはる》の様を懐かしそうに話し聞かせる。

30　空濠《からぼり》に薺《なずな》の花や春の雪　里石《りせき》

子供の時分、揚げていた凧《たこ》が落ちたのを取りに入って、泥の中に下駄を踏み込み、脱ごうとしたら鼻緒が切れて、おまけに着物まで泥だらけにしたことを思い出す。

31　水広し鴨の来鳴《きな》けば冴返る　羊水《ようすい》

夜遅くやっと辿り着いた渡し場にただ一人立って舟を待つ。向う岸の町の灯《ともしび》が寒そうにちらついている。ゆるやかな櫓の声が暗い江の中に聞えているが、舟はなかなか近寄りそうもない。

32　乾鮭《からざけ》や頭は剃らぬ世捨人　子規

口はあっても物言わず、目はあっても見ず、騒がしく忙しい世間は知らぬ顔である。木枯しの寒い店の先にぶら下がって、からからと干からびている。叩けばこつこつと仏の声がする。

（『ローマ字世界』大正三年一月）

33
一筋の野路《のじ》の空なる雲雀《ひばり》かな　五城

雲のない空から降るようにひとしきり聞える囀《さえず》りには、疲れた足も軽《かろ》くなるようである。陽炎《かげろう》の立つ道端からは折々蝶が飛び出す。土の匂い、菜の花の香り。生きた力が天地にみなぎっている。

34
吹き消して提灯《ちょうちん》重し月朧《つきおぼろ》　寸峨《すんが》

酔うた主人は懐手《ふところで》して羅生門を謡いながら、長い橋をゆるゆると渡って行く。伴《とも》の男は黙ってついて行く。蠟燭《ろうそく》の蠟の焦げる匂いは春の夜の匂いである。

35
舞衣《まいぎぬ》に煙る火斗《ひのし》や春の雨　雪人《せつじん》

火熨斗《ひのし》をかけている人の心は、着物につけて思い出す過ぎ去った日の楽しい夢を繰り返す。床に飾った鼓《つづみ》の調緒《しらべお》の褪《さ》めた朱《あけ》の色はもう昔に返らぬ。

36　嫁に来て鶯淋《うぐいすさみ》し片田舎　　蝶衣《ちょうい》

暖かい縁側で針仕事しながら都からの便りを心待ちにしている。山里の昼の静かさは軒に落ちる椿の音も聞える。奥では年とった母のお経を上げる声がする。

（『ローマ字世界』大正三年二月）

# 漱石先生俤草《おもかげぐさ》〈座談〉小宮豊隆・松根東洋城・寺田寅彦

**寅彦曰**　先生の句は全部艶なり。

**東洋城曰**　二十七年頃先生は始めて客観的見地の句を得られたのではないか。

　風にのつて軽くのし行く燕《つばめ》哉《かな》

という句があるが。

**東洋城曰**　先生の思想小説は皆俳句に因縁を持つと思う。

**寅彦曰**　俳句のどこかに先生の総てがあると思う、最初のうちに作られたごく初歩の句あるいは月並的のでさえ。

**寅彦曰**　先生は

　秋風や白木《しらき》の弓に弦《つる》はらん

という句は、いい句だ、と話しておられた。

**豊隆曰**　僕には
　時鳥《ほととぎす》平安城を筋違《すじかい》に
という句を激賞しておられたョ。
**寅彦曰**　君の一番好いと思う先生の句というのはどこをいうのか。
**東洋城曰**　さあ、やはり
　菫《すみれ》ほどな小さき人に生れたし
かね。
**寅彦曰**　先生はImaginationが最も強かったな。

（『渋柿』大正八年八月）

# 『漱石俳句研究』より　〈座談〉小宮豊隆・松根東洋城・寺田寅彦

菫程な小さき人に生れたし

**東洋城**　春の長閑な天地の間に生れた菫の花の小さきが作者固有の情緒に触れる。そこに人と菫との間に或一致がある、即ちその菫の花をめでいつくしみ昵近になる極、作者が菫と合体し同化する。そこに先生の人格が伴いそこに先生の情趣が溢れる。此種の理想句は兎角に月並に堕して鼻持もならぬが多い中に、是は又非常に高遠な純美な芸術である。この句、一面に一種の人生観を胚胎し他面に人情の温かい所を保有している。菫程な小さきというところに自然の一微物に対する人間の省慮とその美しい同情が仄見え小さき人に生れたしという点に人と大きな顔はしていれど観ずれば亦天地の間の一粟に過ぎぬと悟っていっそ始めから小さい併し穢れも迷いもない菫程な小さき物に生れて来たいという様な人生観が根をさす。この句にこういう二方面が現われると同時に先生のこういう二面が偲ばれる。

**蓬里雨**　人生観云々は言いすぎだと思う。大きな顔云々には反対する。この句は単に菫を愛する心持から出発して菫の様な小さき人に生れたらよかろう位な意味を詠ったもので、是には余程西洋の詩の趣が這入っていると思う。いい句だとは思うけれど、何だかしんみりした感じが少い。芭蕉の「山路来て何やらゆかし菫草」や園女の「鼻紙の間にしほむ菫かな」などの方が、菫を愛する心持が純粋でそれが巧まずに出ている様な気がする。先生の此句にはどうもすこし巧みを感ずる。本気で真剣にこういう事を感じたのではなくて、愛する心持をこういう表現若くは考え方を借りて来て現わしたという気がする。小さき人に生れたしによって、菫に対する愛情が出はするが、併し一方では其云い方ですこし其の愛情がよそよそしくなっている事も争われない。空想としては面白いが、味の点からいうと、充分堪能が出来ない。

**東洋城**　「山路来て」や「鼻紙に」とは全然別の境地と思う。此句は菫を愛するというよりも、畢竟は自分を愛惜する事が非常に深く、其余理想として菫の様なものになりたいというので、何だか菫を自分が愛するという余裕がない、自分の結局行く先落着きどころであるかの様に犇《ひし》とそれを目指して憧憬している様な心持だ。二つの句は菫が本体でそこに人の情が流れて行く、此句は人の心が本で人即ち菫である。

**寅日子** 吾々は時折自分の肉体の不態さや醜さを可也強く感じる事がある。又病弱なものは五尺のからだを持て余す事がある。そういういやな自分の肉体と菫と対照した時にちょっとこういう感じがするのではあるまいか。要するに人の「肉体」を菫の「肉体」と対照した時に出来る句ではないかと思う。

**東洋城** 僕の菫より小さき人に云々というたのも矢張その醜さとか不態さとかを人が持ちあつかつて、その極、小さい菫の前にさえ尚ずっと存在がないほど小さいものと感ずるという意味であった。

**蓬里雨** 先生の『文鳥』の中に文鳥の籠の中に手を入れると真白な文鳥が驚いてバタバタ羽搏きをする。夫を見て自分の手をいかにも大きく醜く不愉快に感じる描写がある。併し此句からは私は、そういう心持を充分に汲みとる事が出来ない。『草枕』の中に、「日本の菫は眠って居る感じである。天来の奇想の様にと形容した西人の句は到底あてはまるまい」（大正十四年版全集、第二巻五三四）という言葉がある。又『文鳥』の中に「其音が面白い。静に聴いていると、丸くて細やかで、しかも非常に速やかである。菫程な小さい人が黄金の槌で瑪瑙の碁石でもつづけ様に敲いて居る様な気がする」（大正十四年版全集、第九巻一七）とある。是は文鳥が粟を喰う描写である。

**寅日子**　先生は自分の顔をきたないものの様に感じて居られたと思われる節が色々あったと記憶する。

ふるひ寄せて白魚崩れんばかりなり

**蓬里雨**　是は明治三十年二月の句稿にある。白魚というものに対する非常に delicate な心遣いの出ているのが此の句である。四つ手網か何かが引上げられる、それにかかっている白魚が底にふるいよせられてかたまっている。夫を崩れんばかりなりという言葉で、あの透明な長細い、小さな葛の粽《ちまき》かなぞの様な白魚のかたまっている有様を、非常によく写していると思う。然も其言葉は、単に白魚其者をよく写しているのみでなく、夫と同時に、其白魚に対する先生の love を、非常に活々と表現しているのである。其意味で、是は客観描写としても立派なものでもあるし、同時に又夫は主観描写としても非常に立派なものにもなっている。是は先生の心の絹ごしの様な柔かい要素の出ている句である。

**寅日子**　四手網は最も適切だが、籠や味噌こしの様な物でも大した差支はなさそうである。兎に角ふるいよせるという動作が白魚という物の特徴に非常によくはまっている為めに印象が著しく強くなっていると思う。

**東洋城**　此句と「菫程な小さき人」の句とは全く異った境地の句だけれども、一句の大切なところは同一の様な気がする。

**蓬里雨**　「菫程な」という句よりも僕には此には此句の方に対象に対する先生の人格的交渉が余計に色が濃く出ている様に思われる。

**東洋城**　それはどちらとも言えないと思う。それから僕の大切な所というたのは唯だ其「菫」の句ばかりでなく「冴返る」の鶴の句でも皆共通な或者を指すので、何とそれを言い現わしたらいいか……。

**寅日子**　それは先生の凡ての物の外殻を突き通して其の中に隠れているものを直感的に洞察する恐ろしい力が到る処に現われているのだと思っても解釈されない事はない。

**東洋城**　その恐ろしい力に更に先生の無限の情味がからみついていると言い添えたら尚いいかもしれない。――そして是がどうしても先生でなければならぬ所だと思う。

**蓬里雨**　兎に角是は古今の名句だと思う。芭蕉の「あけぼのや白魚白き事一寸」の句にも劣らない。

**寅日子**　崩れという言葉に対して或は誤解の起る虞れがあるかもしれない。それは小宮君の言われた様に白魚の外観の特徴から見て白魚自身が溶け崩れ従って其団塊が崩れそうに感ずると解しなければならないと思うが、併し一方で単に白魚の分量の多い為めに其団塊の輪廓が崩れると解し、結局白魚が沢山とれたというだけの意味に解釈される虞れがあるかもしれない。そうすると科学的にはよくても丸でポエトリーがなくなり此句の価値がなくなってしまう。

**東洋城**　そんな心配が起る以前に正解の様にずっと句意が透って了う程完成している句と思う。

**蓬里雨**　二十八年の句に「白魚に己れ恥ぢずや川蒸気」というのがある。是は先生の白魚に対する愛情と従って白魚の捕れる川をガチャガチャ航行している川蒸気に対する憎悪を極めて露骨に散文的に出しているものである。多分本所辺の景色だろう。たった二年の相違ではあるが、「ふるいよせて」の方になると其似た様な心持が川蒸気なんていう変な物を持って来ないで非常に芸術的に表現されている。

**寅日子**　川蒸気の句は実景から得たのではなくて白魚の題で考えて居る内にコントラ

ストから一寸思いつきで作った句に過ぎないと思われるところが何処かにある。

秋の江に打込む杭の響かな

**寅日子**　是は大患後絶えて居た日記にはじめて自ら書き付けた三句の中の一つである。前に松根君の出された「別るるや夢一筋の天の川」次のにあるのが即ち此句である。『思い出す事』などには此句のあとに次の様にかいてある「是は生き返ってから約十日許りして不図《ふと》出来た句である。澄み渡る秋の空、広き江、遠くよりする杭の響、此三つの事相に相応したような情調が当時絶えずわが微かなる頭の中を徂徠したことは未だに覚えている。秋の空浅黄に澄めり杉に斧。是も同じ心の耽りを他の言葉で言い現わしたものである。」これで見ても此句が本当の神来によって出来た事が明らかである。生死の境を通り越した後の名状の出来ない透明な静寂な心地が此「秋の江」であるかと思う。その静かな広々した心持の中に、非常に強く鋭い白熱的にインテンスな響か光がしている。それは何だかよく分らないが、思うに夢のような天の川のような渾沌たる心持の中に、一歩一歩確実に甦って来る「生命」の響き、或はそれに対する thrilling な歓喜と言ったようなものではあるまいかとも想像される。また次のようにも言える。即ちこの大患の為に「以前の先生」が一時消えてしまって、今度気が付き始めた時には唯秋のような背景があるばかりである。その江から響いて来る杭の音につれて「大患後の先生」自身が、段々に近よって来るような気がする。――作者や事実の背景を抜きにして考えて見ても、此句は矢張り図抜けていい句であると思う。前にあった「春の江」の句で「寺の塔」が焦点であれば、此句では「杭の響」がそうである。併し前の句が静的であるに反して此句は動的である。そして遥かに象徴的の暗示に富んでいると思う。

**東洋城**　秋の江と言われると、広い空広い江をすぐ描く、が、すぐ其あとへ打込むと来るので、其打込むという鋭い併し極小さな部分に関する言葉に受継がるるに至って、秋の江丈では、そのものが非常に広さがありすぎて少しぼんやりする所がある。

**蓬里雨**　是は「秋の江に」で切れるんだ。秋の江をわたってくる音を聞くのだよ。

**東洋城**　ナニ、「秋の江に打込む」ではなくて「秋の江に……響かな」というのかい。寺田君もそうですか。

**寅日子**　僕にはそれはどちらでも結局同じである。そういう事が問題になるような句じゃないと思っている。

**東洋城**　併し言葉の運び方そのものに就ての曖昧模糊は困る。
**蓬里雨**　「秋の江に於て杭を打込む響きが聞えている」として、君はどう思う。
**東洋城**　どうもそうはとれない。そう採ると句の運び方の上に大分無理が当る。
**蓬里雨**　併しそういうようにとれるには外にも沢山例があるよ「昼顔に米つき涼むあわれなり」「蓬来に聞かばや伊勢の初便」のにだって同じような働き方をしているのじゃないか。
**東洋城**　それとは少し違やしないか、「昼顔に」「蓬来に」の方はにをどうとっても聞くといい涼むという動詞と共にそこにには片付いている。が、此句では秋の江にのにがすぐ次ぎの動詞を飛び越して遠い名詞に結び付く。――夫は無理だ。此句の場合の「に」は「秋の江の中へ」と「秋の江で」という二つの解が出て来るが、つまり秋の江には打込むという動詞に属するもので響という名詞に属するものでないと思う。
**蓬里雨**　僕はにで秋の江が響に属するなどと云っているのではない。には秋の江に於てという様な意味になるというのだ。
**寅日子**　此句は秋の江というものが大きくかぶさっているのだから、江のどこに打込もうといいじゃありませんか。秋の江というものがエーテルの様に一杯に瀰漫《びまん》している。僕にはにという文字が曖昧である為に、先生の言おうとした心持が反ってよく出ている。

**東洋城**　にで切れるという小宮説では、岸に杭を打込む事実、例えば或河川工事とか護岸工事とかを前から熟知していなければならぬし、にを秋の江と打込むとを結ぶものとはするが其秋の江とは水でも岸でも江のどこでもいいじゃないかとする寺田説では打込む杭の響かなという強い厳しい活力のある叙法なり言葉なりを無視しなければなるまい。

**蓬里雨**　第一此処に夫程活動的なところがあるかな。

**寅日子**　唯茫乎とした所に或る手ごたえのあるものが、はっきり現われ近よってくるというのです。

**蓬里雨**　此音というのは非常に澄んだ、朗らかな、云わば静かさをもっと煮つめたり煎じつめたりしたような意味なので、是が先生の生活活力が段々に強まって来る事を示唆するものだという風には、私にはとれない。

**寅日子**　先生のような大患にかかって危機を通過した人には、夢見るような心持のあとに恐らくこんな不可思議な感じが湧いてくるものだろうと思う。そういう不可思議な事実を此句から教えられるように思う。

**蓬里雨**　ある処女が肺病に罹って喀血して死にそうになった、夫が治りかけて来たとき、其顔には、人を誘うようなあらゆる血の気がなくなって了って、汚点も穢れもない、神様の色のような蒼白さが流れていた事がある。私は此句をよんで其顔の色を聯想する。

**寅日子**　秋の江に打込む響は稲妻のようなものだと思う。打込む杭の響も神韻縹渺《ひょうびょう》といったような響にして了いたいのです。

**蓬里雨**　稲妻のようだと困るという気がします。私は夫を静かな山で鳥がなくような意味のものに考えたい。——秋の江も響も一度は目に見耳に聞き、見たり聞いたりしたあとでは、一度にそれ等のものがみんな消えて了って、そうして気分丈が残るのです。静な気分丈が。

**寅日子**　此句は一体批評なんかする限りでないかも知れない。

　　落ちさまに虻を伏せたる椿哉

**寅日子**　長ったらしい言葉で此れ以上に説明する事が却って困難な程明瞭な句であり印象の強い句である。椿という花の色々な特徴と虻という虫の鈍で執拗な特性と、其両者の間にからみ合って起った複雑な葛藤とがたった十七音で遺憾なく現わされて居る。兎も角も先生の所謂修辞法の高頂点を示すものであろう。それで詩としての第一義的価値は別問題としても、そういう意味から此句は先生の句作の道程に於ける一里塚の一つと見るべきものかと思う。——余りに巧みな為に、又余り際どい瞬間を捕えた為に軽い厭味を感ずる人があるかも知れないが、それはどうも止むを得ない事と思う。此句に比べると例えば晩年（大正三年）の「藁打てば藁に落ちくる椿哉」などの方が巧が少なくて却って何処か余韻があるかも知れない。——此の虻の句は当時可也人目についたものであったらしい。余談になるが、私が休暇で熊本から帰省の途中門司の宿星で医科のD君という人と泊り合せた晩に同君が此句を挙げて盛に賞めちぎった。それから先生の噂話でとうとう夜明迄語り明したものである。先生が既に当時から若いアドマイアラーの一群をひかえて居たという一つの証拠になるかも知れない。今日——此句は前回の「白魚崩れんばかりなり」の句と並んで同じ句稿に出て居る。今日迄に我々から選ばれた三十余句の内で十一句即ち三分の一は悉く此明治三十年二月の句稿にあるのである。尤も此中の八句は前に小宮君の注意されたように第二回で松根君が出したのだが。

**東洋城**　寺田説に大体異論はない。際どい瞬間を捉えた為めに軽い厭味を感じる人があるかもしれないといわれた所も、あれで結構だと思います。成程文字だけ見ると際どい句とも思われるが言葉に伴うて来る事実の観照が確な為め左程厭味を覚えない様だ。そこで問題になるのは、虻は何処に居るかという事だ。椿が落ちながらそこに飛んでいる虻を伏せながら地上に落ちた、とも取れるが、そう取れば甚だ際どい句になり過ぎる。寧ろ僕は、途中で虻をふせなくとも、椿の花がまだ落ちない前即ち枝についている時から虻はあの深い穴の中で蕋《しべ》を吸って居、夢中になって吸っている其間に、椿の花は下向きになりつつ落ちて行って、とうとう地上に着く時分には虻を一緒に伏せ込んで了った、ととりたい。そんな事はよくある事だし、虻の魯鈍さ加減もよく攫《つか》まえてあると思う。

**寅日子**　夫以外の考え方は impossible だと思う。虻の執拗なことがよく現われているのである。

**東洋城**　事柄は際どいが句は際どくない。

**蓬里雨**　虻というものを考えると、虻は飛びまわっているものと言うよりも、寧ろどっかにじっと止まっているものという感が先に立つ。

**東洋城**　さっき虻は花の中に居たというたが、必しも花の中に這入っていなくてもよい、花の中へ這入りかけているか、さもなければ花の口の辺を飛んで這入ろうとしている所でもよい。

**蓬里雨**　僕は椿に這入って居て花と一緒に落ちて伏せられるというよりも、椿の樹のある下の草原か何かに虻がのろくさして居て、落ちて来た椿の花に伏せられたものだと思っていました。落ちさまには落ちると同時にだから、草原の上に居る虻を椿の花が落ちるや否や伏せてしまったのだという風に。

**寅日子**　possibleではあるがプロバビリティは少い。

**蓬里雨**　芭蕉に、「落ざまに水こぼしけり花椿」という句があるが、是は無論這入っている水をこぼした訳なんですが。

**寅日子**　僕は此句の意味は唯だ一つしかとり様はないと思って居たのだが、すこし意外でした。

**蓬里雨**　解釈は貴方の解釈の方が可いと思うが、句としては何方にもとれる、寧ろ私の考えていた方に取る人の方が多いかも知れないとも思います。私は是を「弦音にほたりと落つる椿かな」や「居合抜けば燕ひらりと身をかはす」と似た意味で、際どい呼吸をよんだ句だと思っていました。貴方の解釈でも際どいには違いないが、性質が余程違って来る。厭味になる危険の程度がずっと少くなる。
**寅日子**　兎に角活動写真の様な句だが、それだけ第一義的の句ではないかも知れない。
**蓬里雨**　余程現代的な感じがある。
**寅日子**　此種類の句としては上乗のものだろう。
**東洋城**　其点は前の句も同じだろう。
**蓬里雨**　此句は寧ろ厭な句だったんだが、貴方の解釈の御蔭で救われました。
**寅日子**　虻は一体蕋の筒の中に這入るかしら。筒の中に蜜があるのではなくて外側の根元にあるのではありませんか。
**東洋城**　いや花の筒の中に這入っている方でしょう。
**蓬里雨**　田舎で小さい時分には此椿の花の甘い露を僕等は随分吸ったものです。

（岩波書店『漱石俳句研究』大正十四年七月）

# 寺田寅彦先生

中谷宇吉郎

# 寒月の「首縊りの力学」その他

『猫』の寒月のモデルとして一般に信ぜられていた寺田寅彦先生が、昨年の暮押し迫って亡くなられた。その御葬式も済んで、一通りの用事も片付いた頃、漱石同門でありかつ先生の心友であった小宮さんが、「古蹟巡りをしよう」といわれて、私をあるビルディング内のC亭へ案内された。そこは小宮さんが仙台から出てこられるたびに、寺田先生と東京中の美味い料理を喰べさす家を廻られたその古蹟の一つなのである。その小さい一室で、「そこにいつも寺田さんが坐ることになっていたんだが」といいながら、小宮さんが色々漱石先生と寺田先生との思い出を語って聞かせて下さった。その話の途中で、私が前に寺田先生から聞いていた、寒月の「首縊《くく》りの力学」の出所を話したら、それは面白いからぜひ書くようにと勧められたわけである。

寺田先生自身は、寒月のモデルなどというものはないということをよくいっておられた。実際漱石先生の小説はいわゆるモデル小説などに出てくる意味でのモデルがあったわけでは決してない。ただ『猫』の寒月についての記述の素材が、主として寺田先生から提供されたものが多かったというだけのことである。「首縊りの力学」の原本は実は立派な物理の専門雑誌に出ていた論文なのである。漱石先生が『猫』を書き出された頃、当時大学院におられた寺田先生が、ある時図書室で旧いフィロソフィカルマガジンという英国の物理雑誌を何気なく覗いておられる中に、ホウトン（Rev. Samuel Haughton）という人の「力学的並に生理学的に見たる首縊りに就いて」という表題の論文に出会われたのだそうである。大変驚かれてちょっと読んでみられたところ、正真正銘な首縊りの真面目な研究だったもので、早速その話を漱石先生にされたのであった。漱石先生も大変興味を持たれて、ぜひ読んで見たいから君の名前で借りてきてくれと御依頼になったのだそうである。その論文の内容が間もなく、寒月君の「首縊りの力学」となって現われたのである。

以上の話は、私が大学を卒業した年位だったと思うが、寺田先生の指導の下で実験をしていた時、大学の狭い実験室の片隅で、実験台を卓として一同で三時の紅茶を呑みながら先生から伺った話である。その時寺田先生は、「僕はもう大分旧い話なので、論文の内容なんかすっかり忘れてしまったが、誰か一つ古いフィルマグを探して見給え、きっとあるから」との御話だった。早速図書室へ行って、埃っぽい古い雑誌を片っ端から探してみたら、果して見付かったのであった。それは一八六六年の第三十二巻第二十三頁にあって、題目は"On hanging, considered from a mechanical and physiological point of view."というのである。著者ホウトンはF・R・S・(Fellow of Royal Society)と肩書きがあるところからみても、真面目な一流の学者であったらしい。その論文と『猫』とを併せて読んでみると、漱石先生がいかにこのような素材を美事に取扱われたかということが分って大変面白かった。

寒月君の演説の冒頭「罪人を絞罪の刑に処するということは重《おも》にアングロサクソン民族間に行われた方法でありまして、……」というのは、論文の緒言の最初の数行のほとんど完全な翻訳である。以下猶太《ユダヤ》人中にあっては罪人に石を抛げ附けて殺す話から、旧約全書中のハンギングの語の意味、エジプト人の話、波斯《ペルシア》人の話など、ほとんど原論文の句を追っての訳である。わずかばかりの動詞や助動詞の使い方の変化によって、物理の論文の緒言が、寒月君の演説となって『猫』の中にしっくり納まってしまうということは、文章の恐ろしさを如実に示しているような気がするのである。

寒月君が続いて、「波斯人も矢張り処刑に磔を用いたようで御座います。但し生きているうちに張付けに致したものか、死んでから釘を打ったものか、其の辺はちと分りかねます」という条《くだ》りは、原本では「死後か否かは不明である」という簡単な文句で記されている。そこで苦沙弥先生が、「そんなことは分らんでもいいさ」と退屈そうに欠伸《あくび》をする所は、原論文では、猶太人の磔は常に屍体について行ったもので、生きた人を十字架にかけて釘を打つという残酷なことはしなかったと、猶太人のために無実の悪評を弁護しているのである。以下本論に入って、ペネロピーの十二人の侍女を絞殺するところとなって、寒月君が希臘《ギリシア》語で本文を朗読しても宜しう御座いますがといって、そんな物欲しそうなことは言わん方が奥床しくて好いと、苦沙弥先生にやられる所には、論文ではちゃんとギリシア語の原文がはいっているのである。そしてOd. xxii, 465-473と註が附いている。寒月君が「ちと衒《てら》うような気味にもなりますから已《や》めに致します。四百六十五行から四百七十三行を御覧になると分ります」というのは、この註なのである。

それからこの時の絞殺の二つの方法について、一方が力学的に成り立たないという証明が本当にあるのである。「$T_1\cos\alpha_1=T_2\cos\alpha_2$……(1), $T_2\cos\alpha_2=T_3\cos\alpha_3$……(2)」

と寒月君が始めると、苦沙弥先生が「方程式は其の位で沢山だろう」と乱暴なことを言うのであるが、この式は実際には十二個あって、それをちゃんと解いて、初めの方法が成立しないという所まで、約四頁にわたって証明がしてあるのである。「此の式を略して仕舞《しま》うと折角の力学的研究が丸で駄目になるのですが……」「何、そんな遠慮はいらんから、ずんずん略すさ」と苦沙弥先生が平気でいう所は、実は十二の連立方程式を解く所であって、いかに漱石先生でもこればかりは致し方がなかったのだろうと、原論文の読後、私は寺田先生を御訪ねした時御話したことがあった。先生は上機嫌で、「そんな所が確かあったようだったね、夏目先生も其処迄御分りになったのだろう」と笑われたことがあった。

この数学的の取扱いの次に、英国のことに言及して、ブラクストーンやプローアンの説が飛び出したり、有名なフィッツゼラルドという悪漢を絞めた話が出たりするのも、やはり原論文にあるのである。「とうとう三辺目に見物人が手伝って往生さしたという話です」と寒月君がいうと、「やれやれ」と迷亭はこんなところへくると急に元気が出るのは、漱石先生の実感であったのかも知れない。実際、この論文も段々少し面倒になってきて、数式ばかり沢山出るようになるので、もう後は全部この調子かと思って読んでいると、急にこんな話が飛び出してくるので、誰でもちょっと妙に愉快になるのである。「演説の続きは、まだ中々長くあって、寒月君は首縊りの生理作用にまで論及するはずでいたが」というのもその通りであって、原論文は以上が前半であって、その後半には縄の弾性系数と体重と飛び下りる高さとから、首に縄を附けて飛び下りた時の首に与えられる衝撃を計算してある。そして縄の長さをどれ位にしたら、その時の衝撃がほとんど瞬間的に罪人を致死させ得るかという点を生理学的に取扱ってあるのである。このような題目が大真面目に取扱われ、そしてその論文が平気で物理の専門雑誌に載っていた時代もあったのである。もっともそれも英国の雑誌なればこそと思われるのである。

寒月君のついでに、硝子《ガラス》の球を磨く話がある。これも寺田先生の供給された話であったそうである。多分私がフィルマグの原文を読んで、その御話をした時のことだったと思うが、例の「蛙の眼球の電動作用に対する紫外線の影響」の話が出た。そしてその種になった元の話を寺田先生から伺ったのである。

東京の大学の物理教室では、旧くからニウトン祭というものがあって、毎年十二月二十五日のクリスマスの夜、教室の職員学生一同で教室内の一室を片付けて、そこで懇親の会をすることになっている。その会の呼び物として毎年学生達の楽しみにしているものに漫画の幻灯がある。漫画は学生や大学院連中の中での器用な人が描くことになっていて、その種にはその一年間の先生方の秘話や失敗談が選ばれるので、まあ悪太郎連が一年の憂《う》さを晴らすというわけである。寺田先生の大学院学生時代、即ち前の「首縊りの力学」の論文を発見された時代のニウトン祭に、ある先輩の漫画が出た。その先輩の方は大変な変り者で、おまけに非常に熱心な実験家で、永い間地下室の一隅に籠って、毎日硝子《ガラス》の平板を磨いていたので有名だった人である。その平板は光学の研究に用いるもので、プランパラレルの板と称し、両面が光の波長よりも短い範囲内で、即ち一万分の一ミリ位の範囲内で完全に並行な平面であることが必要なのである。この板を作るには、一方を少し磨いて光学的に調べてみると、その方が薄くなる、外の方を磨るとまたその方が反対に薄くなり過ぎるという風に、寒月君のいわゆる、硝子球を磨り潰す流儀にやるのである。漫画は、その先輩が硝子板を磨っている実験台の上に一間位の長さの海苔巻が横たわっている図なのである。その話を寺田先生が漱石先生に話されたら、大変面白いといっておられたそうであった。「この話が寒月の球磨きになるんだから、夏目先生はやはり偉かった」と先生は述懐しておられた。実際プランパラレルの硝子板の作り方の本領が、寒月君の球磨きの言動の中に立派に描写されているように私どもにも思われるのである。

それからこれは全く私の臆測であるが、「蛙の眼球と紫外線」の出所も、寺田先生の話からヒントを得られたものでないかと思われる節がある。それは、その頃やはり大学でN先生が梟が何故夜眼《よるめ》が見えるかということを研究されたことがあって、梟の眼球の水晶体の赤外線透過度を調べられたことがあるのである。その話が漱石先生の耳に這入って、梟が蛙に赤外線が紫外線に変形したことは有りそうに思われるのである。寺田先生はその頃、大学での実験の話を色々漱石先生にされたらしいことは、色々な点から察せられる。例えば寒月君が「首縊りの力学」の御浚《さら》いにくる所で、「所がその問題がマグネ付けられたノッヅルに就いて抔《など》という乾燥無味なものじゃないんだ」と迷亭がいっているが、その当時寺田先生は今仙台の本多光太郎先生とマグネの実験をしておられたのである。もっともこれは先生に御伺いする機会を永久に逸してしまったので全くの推測である。

以上の話は漱石先生がいかに色々な材料を美事に処理されたかという一例にもなり、またどのような話でも、特に文学者の方に比較的不得手でありそうな科学的の話でも、よくその本質を理解されていたということを示す例としてもみることが出来ると思われる。またこれはほんの一例ではあるが、漱石先生の書かれたもののモデル詮議などをすることはいかにも意味のないことという気もするのである。

附記

首縊りの力学の原論文を読んだのは十年位も前のことであり、今度これを書こうとしたら、そのような旧い時代の雑誌は私の今勤めている所にはないので、平田森三君に御願いしたところ、わざわざ東大の図書室で原文をタイプに打って送って戴いた。これが書けたのは全く同君の御蔭で、ここに厚く感謝する次第である。

（岩波書店『漱石全集』第十一巻月報第四号　昭和十一年二月）

# 冬彦夜話　漱石先生に関する事ども

『猫』の寒月君『三四郎』の野々宮さんの話の素材が吉村冬彦（寺田寅彦）先生から供給されたものであるという話は、前に書いた通りである。漱石先生と冬彦との関係は、冬彦先生自身が書かれた「夏目漱石先生の追憶」の中に詳しく述べられている。私は丁度大正十二年の暮から四年余りの間冬彦先生の下で働いていたことがあって、その頃度々、曙町の応接間で色々の話を伺ったのであるが、その中で冬彦先生自身が語られた漱石先生の話を次に書き抜いてみることとする。もっともその話の中の一部は、前述の「追憶」の中に書かれてあるが、同じ話でも書かれたものと話されたものとではかなり表現が違うし、話されたものの方が、余計に両先生の私的な交情が現われているように思われるので、多少の重複をかまわず書き止めておくこととする。

ある晩のこと私はいつものように曙町の先生の御宅を訪ねた。初めにしばらく応接間で待っていると、先生は「ヤア」といって這入ってこられて、黙って卓の上の敷島を一本とって火を点けながら、ふいと立って隣の書斎へ行ってしまわれた。少し呆気にとられていると、古い革の手提鞄を持って出て来られたのであるが、その中には漱石先生の自筆の水彩の絵葉書だの手紙だのが沢山はいっていた。それを一つ一つとりあげて独りで読み耽りながら、順々に私の方へ廻して下さった。そして色々漱石先生の追憶談を始められたのであった。こんなことはかなり珍しいことなのである。

高等学校時代に貰った手紙は、僕はこんなことには案外恬淡《てんたん》だったもので、家の手紙と一緒にしておいたものだ。ところが父が急に死んで、手紙を皆燃してしまったことがあって、その時一緒にみんな燃してしまった。今でも惜しいことをしたと思っている。『猫』を書かれる前の先生は、まだちっとも世間的には知られていなくて、弟子といってもまあ僕一人位だったようなものだった。『猫』が出て、小宮豊隆君がきて、確か小宮君が三重吉をつれてきたんだったかなあ、何にしても初めは、先生も随分切りつめた淋しい生活をしておられたもので、それだけにその時代の記念になるような手紙を皆燃してしまったのは随分申訳ないことをしたものさ。

というような話をされながら先生は、「……理科ノ不平ヲヤメテ白雲裡に一頭地ヲ抜キ来レ」と達筆に書かれた葉書を取り出して、「僕は始終学校の不平を洩していたものでこんな葉書を寄こされたよ」といって苦笑しておられた。そして「もっとも先生だってこんな不平をいってるんだから」と他の葉書を見せられた。それは例の「漱石が熊本で死んだら熊本の漱石で。漱石が英国で死んだら英国の漱石……漱石を知らんとせば彼等自らを知らざる可らず這般《しゃはん》の理を解するものは寅彦先生のみ」という葉書であった。もう一枚の葉書には「……君は勉強がいやになつた時に人を襲撃するのだからたまには此位な事があつてもよろしいと思ふ」と書いてあった。先生は「実際あの頃のは、夏目先生のいわれる通り、本当に襲撃したんだからなあ」と、いかにも当時の追憶をなつかしむように、ぼんやり天井の一隅を見ておられた。これらの手紙や葉書は勿論漱石全集に皆収められている。

それから倫敦《ロンドン》からの例の長い手紙というのは、青い厚い西洋紙の裏表に細かい字で丁寧に書き込んであるもので、冬彦先生の前の奥さんが血を吐かれたことに同情して色々と慰めてあった。その中には、池田菊苗さんと倫敦で会ったことも書いてあって、池田さんは頭の大きい学者だから帰られたら是非遊びに行け、よく頼んでおいたからとも気を付けてあった。「僕の妻は、僕が大学の二年の時に死んだもので、その時の手紙なんだ。それで僕は学校を休んで国の方へ一時帰っていたために、卒業は皆より遅れているんだ。僕が妻に死なれて淋しがっていたもので、先生冷かすつもりであんな金田家の令嬢なんか引っ張り出されたんだよ」といって苦笑しておられた。

僕が初めて先生と知合になったのは、高等学校の時に、同郷の豪傑の友人の点数を貰いに行ったのが初まりさ。丁度その時先生は俳句をやる学生と話をしておられた。僕が俳句てどんなものですかと聞いたら、その時非常に要領のいい説明をされたので、感心して直ぐ馬鹿なことを聞いたものさ。理科なんかやってるものにでも出来ますかという質問なんだから。ところが先生はそんな問にでも実に丁寧に、「俳句は職業とか専門とか境遇とかには係らず、やれる人は初めからやれるし、やれない人は一生やってもやれぬものだ」ということを説明して聞かされたものだった。それで「僕はやれそうですか」と聞いたら、まあ見た所やれそうだとのことで、大いに元気を得て暑中休暇に国へ帰ってる間に沢山作って先生の所へ持って行ったものだ。先生は一々それを見て○をつけて下さったりしたもので益々得意になって、毎週のように持って行ったものだ。その中から先生が選んで東京の子規の所へ送り、子規がまたその中からいいのを採って新聞に出してくれたものだった。東京へきてから、子規が死んで、先生が倫敦へ行かれたもので止めてしまった。

『猫』が初めて出た頃は、先生の所へは誰も行っている人はなし、僕位のものだったのに僕が少し変っていたもので到頭あんなことになってしまったのさ。『猫』も最初の一回切りで止めるつもりだったのに、あんまり評判が良いもので続けている中に、先生自分で面白くなってしまったんだよ。先生は全く世間のことには交渉がなく、小説の材料にはいつも困っておられたらしい。来る者は極っているし、婦人の友達などは勿論なかったし。それだもので僕らのちょっとしたことでも直ぐ書き止めて材料にされたのだ。だから先生の小説にはいつもどこかに必ず先生が入ってきている。そしてちょっと変った男ばかり出てきているね。全集の中に「寺田のすしの食い方」というのがあるが、あの意味を話したことがあるかね。先生が倫敦から帰られて家がなくて牛込の奥さんの所におられた頃、僕が行ったら鮓の御馳走をして下さったことがあった。その時何でも先生が鮪を食うと僕も鮪を食う。海苔巻をとると僕も海苔巻をとったのだそうだ。最後に先生が卵焼を残されたら僕も何思わず卵焼を残したのだ。それで先生が「君は卵焼が嫌いかね」と聞かれたのでまた思わず「いいえ」といったのだ。「それじゃなぜ食わぬのか」といわれて、「先生が食べられないから」と返答したという話なのだ。僕は何も気が付かなかったがね。これも何か小説の材料にされるつもりだったのだろうが。あれは到頭出なかったらしい。

君なんか若い人達は夏目先生のものの中でどれが一番面白いかな。僕なんか『猫』や『草枕』のような初期のものの方が好きだ。あの頃の先生は書くのがとても楽しみだったらしいが、晩年になられてからは、もう小説を書くのが厭で耐らなかったように思われた。僕には何といっても楽しみに書いたものが一番性に合うようだ。

先生の小説といえば、漱石全集は実に奇蹟だね。初版の時が〇千部位、第二回の時がその倍で×千部、今度は震災の後で僕らは少し冒険だと思っていた位だが、流石Iの親爺は偉いね。「何、大丈夫です」といって済ましていたが一万〇千とか出たそうだね、実際大したものだ。印税だけでも大変だろうな、あれは漱石庵を作る維持費にするつもりで御弟子達で計企したのだが、郊外移転の話は土地会社の宣伝に使われるおそれがあるので、結局当分今の家を維持することになった。古い弟子達にはやはり旧の所が良いからね。印税のことをいえば、僕達旧い仲間は何だか先生に気の毒で仕様がないんだ。先生の生きておられる間は、始終自分の家を欲しい欲しいといっておられたのに、到頭亡くなられるまでその望みが叶えられなかった。生きておられる間に今の半分でも金が這入ったら良かったと思うが、それも仕方のないことだ。

先生が死なれてから、書斎は生前の通りちゃんと、本でも筆でも昔あったままにして保存してあるが、やはり主人がいないと何となく部屋まで淋しくなるね。全体にいぶしがかかったような気がする。あの部屋には例の象牙のブックナイフがまだ残っているはずだが、あれは先生確か『猫』の初めの原稿料だったか不意にあぶく銭が這入った時、先生子供のように嬉しがって買ってこられたものだった。あれは随分大事にされて、「本当の象牙はこうして鼻の脂を付けると、鼈甲色に透き通るようになるんだ」といいながら、始終鼻の横をあのナイフで撫でておられたものだった。段々垢がついて薄黒く汚くなっていたが、いつかどうしたことか、その大切なナイフの上の方にひびが入って困っておられたので、僕がナイフでその部分を切り取って丸く削ってあげたことがあった。あれは思い出のナイフだよ。まあそういう瑣細なことでも皆懐しい思い出になるのだ。

（岩波書店『漱石全集』第九巻月報第十七号　昭和十二年三月）

## 編集付記

一、本書は著者の夏目漱石とその周辺に関するエッセイを独自に編集し、小宮豊隆・松根東洋城との座談、中谷宇吉郎によるエッセイを加え一冊としたものです。

一、本書の収録作品は『寺田寅彦全集』（岩波書店）を、巻末エッセイは『中谷宇吉郎集　第一巻』（岩波書店）を底本としました。「『漱石俳句研究』より」は、岩波書店『漱石全集月報　昭和三年版　昭和十年版』を底本とし、「落ちさまに虻を伏せたる椿哉」の句は初出に拠りました。

一、底本中、旧字旧かな遣いのものは新字新かな遣いに改め、明らかな誤植と思われる箇所は訂正しました。表記のゆれは各篇ごとの統一とし、難読と思われる語にはルビを付しました。

一、本文中に今日では不適切と思われる表現もありますが、著者が故人であること、刊行当時の時代背景と作品の文化的価値に鑑みて、底本のままとしました。

本書は文庫オリジナルです

中公文庫

# 漱石先生《そうせきせんせい》

2020年7月25日　初版発行
2021年7月30日　3刷発行

著　者　寺《てら》田《だ》寅《とら》彦《ひこ》

発行者　松田陽三

発行所　中央公論新社
〒100-8152　東京都千代田区大手町1-7-1
電話　販売 03-5299-1730　編集 03-5299-1890
URL http://www.chuko.co.jp/

ＤＴＰ　平面惑星
印　刷　三晃印刷
製　本　小泉製本

Published by CHUOKORON-SHINSHA, INC.
Printed in Japan　ISBN978-4-12-206908-4 C1195